板上に咲く

原田マハ

MUNAKATA: Beyond Van Gogh

Maha Harada

幻冬舎

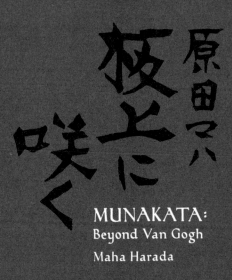

板上に咲く

MUNAKATA: Beyond Van Gogh

ゴッホにならうとして上京した貧乏青年はしかし。
ゴッホにはならずに。
世界の。
Munakataになった。

――草野心平〈わだばゴッホになる〉抄

目次

序章　一九八七年（昭和六十二年）十月　東京　杉並……7
一九二八年（昭和三年）十月　青森
―一九二九年（昭和四年）九月　弘前……23
一九三〇年（昭和五年）五月　青森
―一九三二年（昭和七年）六月　東京　中野……61
一九三二年（昭和七年）九月　東京　中野
―一九三三年（昭和八年）十二月　青森……99

一九三四年（昭和九年）三月　東京　中野……115
一九三六年（昭和十一年）四月　東京　中野……131
一九三七年（昭和十二年）四月　東京　中野
――一九三九年（昭和十四年）五月　東京　中野……173
一九四四年（昭和十九年）五月　東京　代々木
――一九四五年（昭和二十年）五月　富山　福光……215
終章　一九八七年（昭和六十二年）十月　東京　杉並……247

以下全て棟方志功作品

題字「板上に咲く」・著者名

「上宮太子版畫鏡」一九三九年　個人蔵

「慈航鏡版畫」一九四〇年　個人蔵

「不来方板画柵」一九四八年　光徳寺蔵

「瞞着川板画巻」一九五〇年　個人蔵

より抜粋

カバー・表紙

「二菩薩釈迦十大弟子」一九三九年　日本民藝館蔵

装丁

重実生哉

序章　一九八七年（昭和六十二年）十月　東京　杉並

1

ええ、たしかに。ちょうだいしました。新宿にある、東郷青児美術館への招待券。

なぜ、私に？　最初はピンとこなかったです。何かの間違いかと思って。そのまま、どこかに置いて忘れていましたら、孫がたまたま、みつけて。「これ行かないの？　ゴッホの〈ひまわり〉が日本で見られるのよ。パパ憧れのゴッホでしょ？」って。

ええ、そうなんです。子供も孫も、夫のことを「パパ」って呼んでいたんですよ。孫も、娘も、娘婿も、「パパ」。私もそう呼んでいました。最初の子供が生まれてから、さて、いつ頃からだったかね、いつのまにかそう呼ぶようになって。

私がそうしたんじゃないです。あの人が「ワ《我》もついにパパになっだが」、「お前《メ》もママだな」って。そんなふうに始まったんじゃなかったかね。

とにかくあの頃は、ハイカラなものに憧れがあったもんで。まだあの人も西洋画というか、油絵にしがみついて、未練たらたらで。花の都パリに憧れて、長男を「巴里爾《ぱりじ》」と名付けました。実際には、ハイカラとは無縁な生活で、食べるものといったら薄いおかゆ、おかずは塩鮭、その辺に生えてる草のおひたし、とかね。三食きちんと食べるのも難しかったんです。

それどころか、結婚してしばらくのあいだ、「ママ」になった私を郷里の青森に置きっぱなしにして、一緒に暮らそうともしなかった。いや、とてもじゃないけど暮らせなかったんです。

あの頃、あの人は名もない画家でした。暮らしは真っ暗くらの真夜中。夜明けはまだまだ遠くにあって、気配すらなかった。

でもまあ、固いことは抜きにして、ハイカラさん気分で「パパ」と「ママ」。結局、なぜだか「ママ」はなじまず、私のほうは「おかあさん」と呼ばれて。どんなに貧乏でも、パパを真ん中に家族で身を寄せ合って、ひと切れの塩鮭をみんなでつついておりました。

あの、それで……なぜまたそちらさまは……新聞社からいらっしゃったとのことですが、今日はこうして私のところへ、どうした理由で見えたんでしょうかね。

ゴッホの話を聞きたい……とおっしゃいましてもねえ。私はそれこそ、ゴッホとは何の縁もゆかりもございませんので、何も話すことなどございません。東郷青児美術館でゴッホの〈ひまわり〉が公開されるということも、新聞か何かで見知ってはおりましたけれども、私とは何の関係もないことですから。

ええ、何億円だか何十億円だかで、競売で日本の会社が買われたことも、そりゃあ存じ上げていましたよ。——え、五十八億円？　それはまた、弥勒菩薩さまがお釈迦さまの入滅後に衆生《しゅじょう》をお救いにやって来られる年数のようでございますね、はあ。

五十八億円のゴッホについて、この私が、何のお話をできるというのでしょう。だって、私は……いま、そんなふうに録音テープを回していらっしゃいますけれども、録音に値するような面白おかしいお話ができるような者ではございません。なんにも世の中のお役に立っていない、ただの年寄りですので。

新聞記者の方にご興味を持っていただけるようなお話は、いまではなんにもありませんけども。

ええ、そうです。私の夫の名前は、棟方志功《むなかたしこう》。

あの人が亡くなって、もう十二年が経ちました。

夫が生きておりましたときには、ひっきりなしの来客で、新聞、雑誌、ラジオ、テレビ、そりゃあもういろいろなマスコミの方々がインタビューさせてほしいと。ずいぶん、面白がられておりましたが。

失礼ながら、あなた、まだお若いんでしょう？　二十代……あれ、まあ。そうしたら、棟方のことは？　おや、そう、ご存じで。だから私に会いに来たと。だけど棟方が亡くなった年に、あなた、ほんの中学生くらいだったんじゃ……そうですか、学校の授業の一環で、棟方の記録映画をご覧になって、それで興味をお持ちになったの。……まあ、それはそれは。奇特な方もおられるものですねえ。

そういうことでしたら、あなたがここへ来られたご真意は、おぼろげながらわかったような気がいたします。

要するに、こういうことではないですか？　――ゴッホの〈ひまわり〉を日本人が、なんと五十八億円で買った。それでそれが、いま、東京の美術館にある。もし棟方が生きていたらなんて言うだろうか……と、私に訊きたいんじゃないのかしらね。――ご名答？　おや、まあ。

そうねえ、なんて言うでしょうか。

なにしろ、あの人にとってゴッホは神さま、偉大な先生でしたから。ゴッホが描いた〈ひまわり〉の複製画。雑誌に載っていたそのページを切り離して、長いこと部屋の壁に貼っていました。そう、まるで神社のお守り札か聖画みたいに、それはそれは大切にして。

「ゴッホの絵は燃えでらんだ、ゴッホは太陽なんだ。ワもそった絵、描ぎで。ワも燃える絵、描ぐ。ワも絵、描いで燃える」

なんて、若い頃は、独り言を繰り返し繰り返しつぶやいていたこともありました。

私に言っているふうではなく、自分に言い聞かせていたんだと思います。あの人、声が大きくってね。独り言でもよく聞こえたもんですよ。あなたも記録映画をご覧になったならおわかりだと思うけど、やたら声大きかったでしょ？　声ばっかりじゃなくて、動きも大きい。毛深い両腕を振り回しながら、熊の子みたいにうろうろ歩き回ったり、津軽なまりでしゃべりまくったり。にいーっと、こう、歯をむき出しにして、思いっきり笑顔をカメラに向けて……。

底抜けに明るくて、感動するとすぐに泣きべそかいて、褒められると大喜びで、相手が偉い先生でもお構いなしに抱きついちゃったりしてねえ。頼まれれば、ホイホイ、次から次へと板画《はんが》をどんどん創ってどんどん渡して……。

棟方に接した人は、だいたい、似たような反応だったんです。最初はギョッとする。次に、なんなんだコイツは、と興味をもつ。落ち着きがなくてうるさいなあ、とちょっと呆れる。距離を置きたい、と離れていく人も出てくる。でも多くの人は、なんだかわからないけど不思議に惹きつけられて、気がついたらもうどっぷり、棟方志功という底なし沼にはまっている。

――なんて、人のことは言えないですね。この私が、まさにそうだったんだから。

でもね。ほんとのあの人は、実は、そんな感じじゃなかったの。

物静かな人だったんです。家族と一緒のときは、むっつり黙りこくって、考え込んでいるようなこともよくありました。「どっか行っちゃってる」っていうか。家族と一緒にいて、食卓を囲んでご飯してても、「お留守」なんです。そんなとき、私たちは、そうっとそうっと、パパをパパだけの世界にひとりにしてあげる。それが家族の決まりごとだったんです。「お留守」の最中、棟方の頭の中は、これから手をつけようとしている板画のことでいっぱいだったのね。それを芽吹かせるために、板の上いっぱいに咲かせるために、全神経を集中させて、血液を、酸素を、栄養を、気持ちのぜんぶを送り込んで……。

作品の胎動を感じられるのはあの人だけ。板画をこの世に送り出してやれるのは世界中にたったひとり、自分だけ。臨月の母親みたいなもんです。

月が満ちた赤ん坊っていうのは、生まれるべき瞬間を知っていて、母親のほうは、止められない。あれほど、自分ではどうすることもできないことって、ほかにはないわね。命が生まれる、あの感じ。棟方は、その瞬間がだんだん、だんだん近づいてくるのを体内に覚えて、雲が風に、風が嵐に変わっていく、そして一気に引きずり出される「そのとき」がくるのを待ち構えていたのでしょう。

「そのとき」がきたら、どうなるか。

――「そのとき」は突然、訪れます。陣痛みたいに。始まったら、アトリエに飛び込んで、もう一気に、ウワーッ、ウワーッと。出産です。その間は、誰も部屋の中に入ってはいけません。私は、初めの頃こそ、家が狭かったもんだから、入るも出るもなくて、その場に居合わせてしまったものです。痛みも出血もあるのが出産だけど、まさに。棟方は這いつくばるようにして板木に覆いかぶさって、全身を彫刻刀にしてぶつかっていきました。転げ回るようにして墨を刷《は》き、紙を敷き、ばれんでこする。ぜんぶ、全身で。命がけ、という言葉が自然と胸に浮かびました。板画が産声を上げるその瞬間まで、凄まじい爆発でした。

「そのとき」がいつきても大丈夫なように、私はいつも準備を怠りませんでした。

板画が生まれるために必要なもの。板、紙、墨。筆、彫刻刀、ばれん。筆と彫刻刀は棟方の手指となって動きます。鍛冶屋の息子だったあの人は、刀というものの性格を知り尽くし、自在に操っておりました。ばれんは自分で竹の皮を貼り、手作りしたもの。板の素材は、桜、桂、朴《ほお》、科《しな》。百枚単位で特注することもありました。紙は、手漉きの出雲民藝紙。薄く、墨ののりがよく、なめらかな表情の紙をこよなく愛しておりました。

じゃあ私が何を準備していたのかと、あなたはお尋ねになるでしょう。

それは墨です。決してこれを絶やしてはなりません。

いつくるかわからないそのときのために、私は毎晩、墨を磨りました。大きな硯《すずり》に墨をまっすぐ押し当てて、手もとの水滴で水を差し差し、ゴリゴリ、ゴリゴリ。日中は朝から晩まで家族のいろんな雑事がありました。だから、墨を磨るのは夜、家族が寝静まってから。いちにちのおしまいの儀式です。

夫に頼まれて初めて墨を磨ったのは、遠い昔、長女が生まれてからのことです。

当時、棟方は東京に住む同郷の友人宅に居候中。私は青森の実家に暮らしていたんですが、あるとき、一歳になる娘をおぶって私のほうから押しかけて行ったんです。文字通りの「押しかけ女房」ですね。

　お恥ずかしいような、ひどい話なんですが……私、十八のときに青森に帰省中の棟方と出会って、その翌々年、結婚するにはしたんです。だけど、祝言を挙げるでもなく、地元の神社にふたりでお参りして、「結婚します」と神さまに報告して、それで夫婦ってことにしたわけなんです。その頃、棟方は東京で画家修業中の身だったから、入籍はちょっと待ってくれと私に言って、自分ひとりで東京へ戻ってしまいました。

　私は青森県弘前市の医院に看護婦として勤めていましたが、結婚を機に実家へ帰り、結婚したはずなのになぜか出戻りみたいになってしまって……。いま思い出すと笑っちゃうほど純朴で、結婚ってこういうものなのかなあ、って。

　そのうちに孕《みごも》っていることがわかったんで、ようやく入籍しました。でも、とてもじゃないけど一緒には暮らせない、金も家もないから、もう少し、絵で身を立てられるようになるまで待ってけ、ってね。チヤさ、なっきゃ《あんた》、だまさぃだんでねの？　って友だちに言われたことも一度や二度ではありません。

　それでも私には、まっすぐあの人を信じるほかはなかった。だって子供も生まれてくるのに、いつまでもほったらかしにするなんて、まさかそんなこと。

　だけどいつまで経っても呼び寄せてくれる気配がなく、もう、矢も盾もたまらず、一歳になったばかりの娘をおぶって、とうとう押しかけてしまったんです。怒られるのは承知でした。もしかしたら、何すに来だんだ、帰《けえ》れ！　って、怒鳴られるかもしれない。そのときはそのときだと、覚悟の上でした。

なんの予告もなく、突然子供と一緒に上京した私を、あの人、よう来てけだ、ってねぎらってくれて……。呆れ返っていたのは、居候先の同郷の画家仲間、松木満史《まつきまんし》さんでした。嫁コがいるどは聞いたばって、子供《わらす》がいるどは聞いてねがったなあ、ってね。

それでともかく、追い返されるようなことはなく、むしろ、子供をおぶって女ひとりで遠路はるばるよく来たと、棟方にも松木さんにも歓待されて、しばらくお世話になることになったんです。松木さんも新婚でいらしたのに……いまとくらべると、なんとものんきないい時代でしたね。

それで私、夫に言ったんです。急に押しかけて申し訳なかった、これから先は少しでもパパのお役に立ちたい、なんでも言いつけてください、って。

あの人は、私が言うのをじっと黙って聞いていました。それからひと言、言ったんです。

そいだば、墨、磨ってけ、って。

――ワぁは、こいから、版画ひとすじにやっていぐべど思でる。だはんで、たくさんの墨、必要なんだ。

ワど一緒にいる限り、墨、磨ってけ。

あの日からずっと、夫が亡くなるまで、四十年以上。

棟方と一緒にいる限り、墨を磨る。それが私の大切な仕事になり、生きていく理由になっていた気がします。


棟方は、十七歳のとき、友人に見せられたとある雑誌の中に、鮮やかな色つきの口絵をみつけました。

それは黄色く燃え上がる花——〈ひまわり〉でした。

見たこともないような花のたたずまい、花なのかどうかもわからないくらいの迫りくる激しさ。あの人は、ひと目で心を奪われてしまった。だから絵描きになる決心をしたんだと、教えてくれました。——ワぁ、ゴッホになる！　って。

ゴッホに憧れて、絵画に恋焦がれて、油絵のなんたるかもよくわからないままに、最初はがむしゃらに始めました。悪戦苦闘するうちに、やがてあの人が見出したのは、板画の道でした。

版画ではなく「板画」です。戦時中、棟方が自分の仕事を自らそう名付けました。板を彫る、墨で摺《す》る画。世界にたったひとつ、板上に咲く絵。だから板画なのだと。

想像できますか。いまから六十年まえの画壇で、版画なんてものは、それはそれは小さな仕事でした。

日本には浮世絵があり、木版画の技術は世界的に見ても特別なものに違いない。でもしょせん、版画とは「版を重ねる」複製画。言ってみれば、量産される印刷物なのです。だから、芸術的価値は、油絵と比べるとはるかに低かった。

浮世絵だって、もともとは瓦版やら、歌舞伎役者のブロマイドやら、名所の絵葉書みたいなものだったんでしょう。外国に持ち出されてもてはやされるようになるまでは、誰も芸術的価値なんか認めてなかったはずです。いまでこそ大切にされて、美術館に飾ってもらったりしてますけど、その昔は茶碗を包むのに使われていたとかいうじゃありませんか。

じゃあ、どうして浮世絵の価値が認められたかっていうと、あのゴッホが……ゴッホだけじゃなくて、そのほかにも有名な西洋の画家たちが、こんな絵は見たことがないと驚いて、すっかり夢中になって、自分たちの絵もこうでなくちゃいけないと、それまでとはまるっきり方向を変えてやり直した。その新しい西洋画家たちの絵を、今度は日本人が見て、浮世絵のすばらしさに気づかされた。西洋人の目、色眼鏡をかけずにまっすぐに向けられたまなざしが、日本の木版画の新しい価値を見出した、というわけです。

それで、棟方は、あるとき気がついたんです。

——自分は、日本人だ。もともと日本で生まれた仕事を、日本人の自分が日本で産んでこそ、本当のものなんじゃないか。

それは、あの人が人生を賭して行くべき道を定める、大きな気づきでした。

自分が憧れに憧れて神とも崇め奉っているゴッホは、日本に憧れに憧れて崇め奉っていたんじゃないか。

ゴッホが少しでも近づきたいと研究し、そっくりに真似て描いたのはなんだったか。

――浮世絵。木版画じゃないか……！

このひらめきを得て、棟方は、やみくもにゴッホの足跡を追いかけて行くのではなく、彼自身が自分の力で新たな道を切り拓き、足跡を残していこうと決心したのです。

棟方は子供の頃から弱視でした。絵を描くといっても、西洋画家が油絵に表したような写実的な細かい絵はそもそも描けません。子供時代にあの人が熱中したのは、津軽凧の歌舞伎絵やねぶたです。そういうのを真似て、だいたいこんな感じ、とおおらかに描いていたんでしょう。スコ、絵コ巧《め》えなあ、と友だちが周りに集まり、もっと描いでけ、と、どんどん凧絵を描かされたと言っていました。

目の中に飛び込んでくるような絵が、あの人にとっての絵だったんです。

ゴッホの絵は、まさしくそういう絵だったんでしょう。それどころか、まっすぐに、棟方の心に飛び込んできた。

これを描いた画家は自殺してもうこの世にはいないとか、日本じゃないどこかで描かれたとか、そんなことは一切関係なく、国境とか時代とか人種とか言葉とか、有名だとか無名だとか、お金があるとかないとか、経験があるとかないとか、そういう何もかも、全部の垣根を飛び越えて、一気にきた。そして教えてくれたんだと思います。――超えていけ、と。

十七歳の棟方の心に聞こえてきた、ゴッホの声。きっと聞こえたはずのその声が、どんなものだったか、知る由もありません。

でも、棟方は、生前、こんなふうに書き残しているんです。

――日本人のわたくしは、日本から生まれ切れる仕事こそ、本当のモノだと思ったのでした。そして、わたくしは、わたくしだけで始まる仕事を持ちたいものだと、生意気に考えました。

目が弱いわたくしは、モデルの身体の線も見えて来ないし、モデルも生涯使わないで行こう。心の中に美が祭られているのだ。それを描くのだ。先生もいないし、存分に材料を買う資力ももっていない。しかし、洋画でいう遠近法をぬきにした、布置法による画業を見出したかったのでした。それには、日本が生む絵にもっとも必要な、この国のもの、日本の魂や、執念を、命がけのものをつかまねば、わたくしの仕業にならない。

そうして彼が行き着いたのが、板画だったんです。


あの人が逝ってしまって十二年、そういえば私、一度も墨を磨っていないことに、いま、あなたにお話ししながら気がつきました。

辛くなかったと言えば、嘘になります。

忙しかったいちにちの終わり、疲れでほろほろと崩れていってしまいそうになる身体を奮い立たせ、さあもうひと踏んばり、明日生まれるかもしれないパパの仕事のために、と硯に向かいました。

夜のしじまの底で、墨を磨る。夫のいびき、ときには独り言をつぶやく声が聞こえてきます。子供たちの寝息も。

遠くで響く夜鳴きそばのチャルメラの音、鈴虫の音色、雨戸を叩く風の音、窓を伝う雨の音。

辛かった。でも、幸せでした。

あれからずいぶん、経ったのね。

せっかくだから、行ってみようかしらね。日本へやって来たという〈ひまわり〉に会いに。

――そうでした。あなたのご質問。

ええと……棟方がなんと言うか。ゴッホの〈ひまわり〉。それがいま、東京の美術館にある。

そうね。

あの人……なんて言うかなあ。

一九二八年（昭和三年）十月　青森
——一九二九年（昭和四年）九月　弘前

2

チヤが墨を磨っている。

夜半である。家の者は皆、とっくに寝てしまった。夜更かしして文芸雑誌を読み耽るのが格好いいんだと、最近もっぱら床に就くのが遅い上の弟も、目が醒めるほど面白いブンガクがみつからなかったのか、ふすま一枚隔てた隣室で、下の弟妹たちとともに高いびきをかいて眠りこけている。

チヤはいつものように茶の間の柱時計がボンボンボンと九回打つのと同時に布団に入ったのだが、ふと目が覚めてしまって、もう眠れなかった。何度も寝返りをうつうちに、柱時計がボンボンボンと鳴り始めた。十一回を数えて、むくりと起き上がった。

頭上の裸電球をパチリとつける。布団に重ねた分厚い丹前を羽織って、三畳の隅にちんまりと控えている机の前に正座した。机の上には幾冊かの本——「看護婦の心得」「一般看護婦入門書」などとともに、つい先日、書店でみつけて思わず買ってしまった「ナイチンゲエル看護婦記」が背表紙を揃えて並んでいる。あとは藁半紙に表紙をつけて手作りしたノート、硯、墨、筆、何本かの鉛筆がきれいに揃えられている。鉛筆は、いつも寝る前に小刀で削っておくのが習慣である。

手あぶり火鉢の中では炭が赤々と熱を放ち、その上には鉄瓶がかかっている。それを取り上げて、ほんの数滴、硯に湯を落とす。それから静かに墨を磨り始めた。

赤城《あかぎ》チヤは十八歳で、この冬には十九歳になる。小学校時代から夢見ていた看護婦になるべく、目下受験勉強中である。

こうと思い込んだらけっこう一途な性格なので、教科書も暗記するほど読み込んだし、難解な医学用語も懸命に覚えた。頭でっかちになってはいけないので、上の弟に患者役になってもらって、古い浴衣を裂いて三角巾を作って腕を吊ったり足を吊ったりして練習もした。弟はかなりしぶしぶではあったが、まんず姉《ね》っちゃはこうと決めたば曲げねがらなあ、と協力してくれた。

父も母も、チヤが看護婦になりたいと言い出したのを、当初はすんなりと認めたわけではなかった。ふたりとも、娘が「職業婦人」などになるより良い相手をみつけて嫁いでくれることを望んでいた。それが両親にとっても世間にとっても当たり前のことだったからである。

赤城一家はかつて北津軽郡の鶴田の在住だった。もともとはそこそこ財産もあったのだが、放蕩者だったチヤの祖父がすべて使い尽くしてしまった。

家が潰れてしまったあと、一家は青森へ引っ越し、父は鉄道の保線区の枕木工事の請負人をして八人の子供たちを養った。決して裕福ではなかったが、祖父を反面教師にしていた父は温和な性格で、子供たちをよく可愛がるやさしい人であった。どうにかして長男だけでも上の学校に進学させたいと働き詰めだった。長姉が嫁いだあと、次女のチヤは母を助けて弟妹の世話や家事手伝いに勤しんだ。その甲斐あって、上の弟は中学校に通っている。チヤも本当は女学校に進みたかったのだが、さすがにそれはかなわなかった。だったら、別の方法でなんとしても自分の夢を実現するしかない。そう決めた。

チヤは十四の頃に雑誌で読んだナイチンゲールの物語を忘れることができなかった。遠い異国の話だけれど、こんな人が実際にいたんだ、婦人であっても人の役に立てるんだ、社会のために働けるんだ——と胸を熱くした。看護婦になりたいとはっきりと意識したのは、それが最初である。ナイチンゲールに憧れて、というのが入り口ではあったが、じつのところ、「職業婦人」という響きに憧れがあったのかもしれない。娘は小学校を出たら十五、六のうちに嫁ぐのが当然、そんな常識を受け入れたくはなかった。

女の一生の役割は「嫁」と「母」しかないなんて。昭和の世なのだ、もうそんなのは古い。女性であっても働いて給金を得る、「私、看護婦なんです」と職業で自分を語れる。それはチヤにとってすばらしい魅力だった。

本音を言えば「電話交換手」でもいいかなと、よそ見したこともあった。それがどういう仕事なのかさっぱりわからなかったが、ちょっと格好いいなと思ったりしたのだ。でもやっぱり、具体的な道筋をつけられる看護婦を目指すのがいまの自分にとっていちばんの選択だろう。いや、絶対に必要なことなのだと、心が決まった。

――ワ、看護婦になる！

と、小学校の卒業と同時に両親に宣言した。そのときのふたりの顔を思い出すと、いまでも笑いが込み上げてしまう。ハトが豆鉄砲を喰ったような顔、と小説か何かで目にしたことがあるが、まさにそれだった。あんまりびっくりしたのか、父は目をパチクリさせるばかりで、そのときはうんともすんとも、なんとも言わなかった。というより、衝撃的すぎて何も言えないようだった。

先手必勝とばかりに、言ってしまってチヤはせいせいしたが、母に、ちょっと来《こ》、と台所へ連れていかれた。そしていきなり、馬鹿なごど！　と叱責された。

――津軽の叔父《おん》ちゃが縁談持ってぐるで、お父《ど》さに手紙よこしだどごだのに！　看護婦になるで、そった馬鹿なごど、おメは！

縁談が持ち込まれると知って、チヤはいよいよ腹を括った。親類縁者の縁談攻撃をなんとしてもかわさねば。しかし、ただ突っぱねるだけではだめだともわかっていたので、時間をかけて粘り強く父を説得した。

職業婦人は社会に進出しつつあり、いまや世の中に広く受け入れられている。看護婦の資格を持っていれば、何があろうと食いっぱぐれることはない。何も嫁に行かないと言っているわけじゃなく、手に職を持っていたほうが、いい縁談がくる可能性が高い。毎月給金をもらえるから、家に迷惑をかけずに自分の食い扶持は自分で稼ぐ。——などなど、「婦人之友」やらを読んで感化された文言を津軽弁に乗せて、いともなめらかに話して聞かせた。

もともと酒も煙草もやらない、真面目で穏やかな気性の父は、娘の言うことを黙って聞いていたが、とうとう首を縦に振った。それでまたチヤは母にこっそり台所へ連れて行かれた。

——看護婦になる試験の銭コはお父さが出す心算《こころづもり》だはんで、まんず、しっかり勉強すだよ。

チヤはうなずいた。そこで初めて、涙が出た。

そんなこんながあって、目下、看護婦資格取得試験のために猛勉強中である。

試験は来週に迫っていた。両親に啖呵《たんか》を切った手前、絶対に受からねばならない。寝る直前まで教科書のページを繰って、布団に入ってからもあれこれ思いを巡らせる。

——もし受がらながっだらどうすだ？　そのときはお父さとお母さに合わせる顔が、ね。へば、どうすだ？　おんちゃが持っでぎだ縁談を受けねばまいね。たしか、相手の人は津軽の金物屋の息子だったよ。ええ？　ワだば金物屋の嫁コになるの？　やだやだ、そったらごど、絶対やだよ。駄目《まいね》、まいね。絶対、まいねだ！

などと考えるうちに、すっかり目が冴えてしまう……というわけだ。

夜半に寝床から起き出したチヤは、ゆっくりゆっくり、静かに墨を磨った。

コリコリと心地よい音、墨が硯の表面を往き来するなめらかな感触。無垢の闇の色、穢《けが》れのない匂い。乱れに乱れた心が次第に平らかになってゆく。

多少音を立てたとて隣室で眠りこけている弟妹たちが起きるはずもない。それでも、真夜中の静けさをほんのわずかでも乱すまいと、チヤは全神経を硯に触れる墨の先に集中させていた。

半紙を縦半分に二回折り、短冊を作る。一瞬目を閉じ、呼吸を整えてから、筆先に墨を含ませ、一文字一文字、ていねいに文字を綴った。

祈願　看護婦資格試験　合格　赤城チヤ

「よし、でぎだ」

小さくつぶやいた。それを枕元に置いて、裸電球を消し、布団に潜り込む。

さっきまで悶々と脳裏を巡っていたややこしい思いはどこへやら、まもなくチヤは安らかな寝息を立て始めた。


朝いちばん、チヤは昨夜遅くにしたためた合格祈願の札を懐に入れて、善知鳥《うとう》神社を訪れた。

神前に供え、柏手を打って祈りを捧げる。その昔、青森が善知鳥村と呼ばれていた頃、この地を平定した善知鳥中納言安方《ちゆうなごんやすかた》が、天照大神《あまてらすおおみかみ》の御子、宗像《むなかた》三女神を祀ったという古《いにしえ》の鎮守である。あまねく青森県民をご加護くださり、自分の願いもきっと聞き届けてくださるに違いない。

お参りをしたその足で、チヤは善知鳥神社のすぐ近くにある川村《かわむら》イトの家、川村歯科医院に立ち寄った。

イトの父親は県下でよく知られた歯科医で、腕も確かだと評判だった。チヤは歯医者にかかったことがなかったのでわからなかったが、イトによれば「他の歯医者に比べれば抜歯の腕前が多少いい」とのことだった。父は屈強な体格の持ち主だったので、やっとこで歯を抜くときの力がすごいんだそうだ。イトは何度か患者を押さえつける要員に駆り出されたことがあり、それはもう大変だったと教えてくれた。どんなふうに大変だったのか訊いたところ、神妙な顔つきで、「チヤちゃ。歯コだけは大事にすなぐぢゃまいねよ」と言うに留められたので、以来、友の助言の通りに歯磨きだけは日々欠かさず励行している。

イトはチヤのいちばんの友だちで、小学校の同級生だった。書店へ行って雑誌を立ち読みするのも、ねぶた祭りに行くのにも、正月の羽根つきやかるたをするのも、いつも一緒だった。この秋、看護婦の受験をするのも一緒である。が、チヤと違って、イトの場合、看護婦になるのは医師である父に言われてのことだった。

イトの父は本格的に娘に自分の仕事を手伝わせようと考えていた。イトにしてみれば、患者を押さえつける役割が日常的に自分に回ってくるのは決してありがたいことではない。だから当初は「ワ、電話交換手になりで！」と言っていたが、やはりどうやってその道へ進んだらいいかわからず、「チヤちゃと一緒に看護婦になって、よその病院で働ぐ！」というところに落ち着いた。

そんなわけで、ふたりはほぼ毎日、どちらかの家へ行って一緒に受験勉強をしていた。ひとりでやるよりふたりでやったほうが切磋琢磨して勉強に身が入るだろう、そうに違いない、すだすだ、そうすだ、と始めたのだが、イトの家ではおしゃべりに興じたり菓子をつまんだり雑誌を回し読みしたりして、休憩のあいだに勉強をするのが常だった。

その日もチヤがイトの自室に入るなり、美味しそうな羊羹《ようかん》を出してきて、

「これ、三浦甘精堂の。チヤちゃ、こごのお菓子好きだはんで、買ってけだ」

などと言われ、勉強そっちのけで早速おしゃべりが始まった。

「チヤちゃ、三浦甘精堂の丁稚《でっち》さ、知ってるか？」

羊羹を小さく刻んで口に運びながら、イトが訊いた。

「いんや、知らねども？」

チヤが答えると、イトは思い出し笑いの顔になって、

「正雄《まさお》さ、いう人なんだげど。まんず、面白《おもし》ぇんだ。そりゃもう、おかしな絵コ、描いででね」

「絵コ？」

「すだ。絵コ」

チヤはべつだん絵に詳しいわけではないが、菓子店に勤める丁稚どんが絵を描いてるなんて、ずいぶんとまた高尚な趣味じゃないか——とすなおに受け止めた。が、その逆なんだとイトは笑いを噛み殺すのが大変な様子だ。

「なんもなんも、そった高尚でねんだって。絵コつっだって、なんだがかんだが、さーっぱりよぐわがんねもん描いでんだよ」

イトが面白がっているのは、その絵というのが、自分たちが「絵」と言われて思い浮かべるものとまったく違っていて、ひと言で言うとほんとうに「なんだかかんだかさっぱりわからない」ものらしく、さらにはその絵の創作にまつわる逸話がすごいのである。

以下、イトが母から聞かされた話——母は父から聞き、父は川村歯科医院にかかっている患者から聞かされた話なので、川下《かわしも》のイトに至るまでには多少変更が加わっているだろうが——である。

古藤《こ　とう》正雄はいま二十一歳で、小学校を卒業してすぐ、県下随一の菓子店、三浦甘精堂に菓子職人見習いとして住み込みで働き始めた。大変真面目で人当たりがいい好青年で、手先も器用で細やかな菓子作りができる。これは将来が楽しみだと、主人にも見込まれていた。

ところがあるときを境に、人が変わったように陰気な性格になってしまった。むっつりと黙りこくり、いつも気が晴れない様子である。何かを深く考え込んでいるようなので、何か悩み事でもあるのか、さては惚れた女子《おなご》でもできたかと主人が問い質した。すると正雄はいかにも沈痛な面持ちでこう答えた。

――ゲージツです。ワだば、ゲージツに身をやづしでいるはんでです。

その芸術《ゲージツ》とは、絵のことだった。絵と言っても、床の間に下がっている掛け軸の花鳥風月のような上品なものではない。なんでも、時代の最先端をいく「油絵」であり、外国で活躍する異人の絵描き、「前衛芸術家」が描くような、激しく燃え上がる炎のような情熱的な絵――ということだった。

ゲージツだゼンエーだと言われても、主人にはさっぱり理解できなかった。しかし愛弟子の性格が変わってしまうほど影響を受けているとなれば看過できない。もう少し詳しく聞かせてくれ、そのゼンエーゲージツカというのはどこの誰ぞ？

――ゴッホです、と正雄は言下に答えた。

「……ゴッホ？」

イトが口にしたその言葉を、チヤは思わず繰り返した。初めて聞く名前、不思議な響きである。名前なのかどうかもわからない。イトはうなずいて、

「こっからが面白ぇんだ」

話すまえからもう笑っている。

正雄は青森の若い画家たちの集まりに参加していて、その集まりでは最近の前衛的な芸術の潮流や西洋の油絵について、いつも活発に意見交換がされている。前衛芸術やら西洋の絵画やらにはなんの知識も持ち合わせてはいなかったが、ただ絵を描くのが好きで興味があった正雄は、この会に入って、いかに自分が時代遅れだったかを思い知らされた。そこで正雄がすっかり取り憑かれてしまったのが、「ゴッホ」という名前の西洋の画家だった。

そんな咳き込みそうな名前の画家になぜまた身をやつすほど心酔してしまったのか、主人にはさっぱりわからなかった。どれほどの魔力がその画家が描いた絵にあるというのだろうか。

ほとんど片恋のように思い詰めた正雄は、とうとう寝込んでしまった。おかみさんが薬をやってものまないし、粥を作ってやっても食べない。このままでは衰弱して死んでしまうのではないかと、主人夫婦は本気で心配していた——ところが。

少しでも滋養をつけねばとおかみさんが卵酒を正雄の部屋へ運んでいくと、中でゴソゴソ物音がする。ぷうんと甘い菓子の匂いも漂ってきた。ようやく起きられて菓子でも口にしたのかと、ほっとする思いでふすまを開けてみたら、なんと正雄は猿股ひとつの半裸になって、ふすまの表面いっぱいにぐちゃぐちゃに色を塗りたくっているではないか。しかもその色というのは菓子用の餅粉——紅粉、草色の粉、黄色の粉、紫の粉を食用油で混ぜて油絵の具の代わりに使ったシロモノだった。まさかのゼンエーゲージツの創作現場に出くわして、おかみさんは驚きのあまり後ろへすてーん！　とひっくり返ってしまった。

アハハハ、と思わずチヤは笑い声を上げた。

「やっだ、面白ぇ！」

「ねし、面白ぇだべ？　アハハハ」

イトも笑い過ぎて涙目になっている。

おかみさんはかんかんに怒って、正雄はおかしくなってしまったから暇を出すと言ったが、主人は逆に、ゼンエーゲージツとやらは理解不能だが、正公がそんなに絵が好きならその道をいけるようになるまでうちに置いてやればいい、といたって寛容だった。

以来、正雄は羊羹を練っては絵のことを考え、カステラを焼きながらゴッホに激しく思いを馳せて、そのつどカステラを真っ黒に焦がしているということだった。

「へば、こった羊羹も？」と笑いながらチヤが訊くと、

「いんや、こった羊羹はきれいだがら違うべさ」イトも笑いが止まらない。

それにしても、いい歳をした青年をそこまで駆り立てる「ゴッホの絵」とは、いったいどういう絵なのだろうか。チヤは俄然興味が湧いた。

「ね、イトちゃ。ゴッホやらいう人の絵コ、写真やらおメさ持ってねの？」

イトは「いんや、いんや」と手のひらを顔の前で左右に振って、

「んなもの、持ってでだら怖《こ》ぇでねの。ワはやだよ、そった取り憑がれるみでな絵描きの絵コは」

今度はいかにも不吉だと言わんばかりの迷惑そうな顔になった。そう言われてみればそうである。

しかし一方で、なんとなく心惹かれるものもあった。怖いもの見たさ、とでも言うのだろうか。チラッとでも見てみたい気持ちに強く駆られたが、ゼンエーゲージッのけったいな話はそこでおしまいとなった。

秋の日は釣瓶《つるべ》落とし、という。薄暗くなってきたなと感じたら、さっさと家路につかなければたちまち夜になる。夕餉《ゆうげ》の支度も手伝わなければならない。チヤはこたつの上に広げた教科書を閉じて、鉛筆や帳面と一緒に風呂敷に包んだ。羽織を着込んでから、

「へば、ワ、そろそろ帰るはんで」

立ち上がりかけると、「まあま、ちょっと待ってけろ」と、イトが袖を引っ張ってまた座らせた。

「いまがら、たんげ面白《すごく》ぇ人が来るはんで。もうちょっとだけ、な？」

「だばって、夕餉の支度《まがない》があるし……もう行がねば」

立ちかけると、また座らせようとする。イトはこたつに上半身を乗り出して、

「さっきのゼンエーゲージッツの話。そった絵を描いでる絵描きがいまから来らんだし。会ってけって、面白ぇがら。な？　たんげ面白ぇがらさ」

ゼンエーゲージッツの絵描きが来る——と聞いて、チヤの好奇心がぴくりと頭をもたげた。

「そった絵描きさ、なしてイトちゃが知ってるだか？」

チヤの問いに、イトはくすくす笑って、

「うちの近ぐに昔住んでだ人でな。お父さが鍛冶屋だっただが、家業は兄《あん》ちゃが継いで、その人は県の裁判所の給仕さになっだのよ」

「ええ？　給仕やりながら、絵描きもやってるだか？」

イトは首を横に振った。

「そいがさ。その人はただの絵描きではねんだ。給仕を辞めで東京さ行って、『帝展』どがいう立派な展覧会さ合格しだんだよ。しがも、ゼンエーゲージッツの絵コで！　いまでは東京さ住んでる立派な絵描きセンセだよ」

たちまちチヤの中の好奇心が全開になった。テイテン、というのも初めて聞く言葉だったが、何やら普通でない感じが伝わってくる。こうなったら会わずに帰ることはできない。

「へば、もう少しだげ……」

羽織を着たままで座り直した。と同時に、玄関のほうから、

「イトちゃあ。イトちゃ、いるがあ」

元気のいい、野太い呼び声が聞こえてきた。

「ほら、来だし」

イトはくすくす笑ってから、声のしたほうへ向かって、

「はあい、ただいま参りまぁす」

流行小説か何かで読んだのだろう、「東京のご婦人」ふうに気取って応えた。

——絵描きの先生。どんな人なんだろう？

「絵描き」に会うのは、チヤにとって生まれて初めてのことだった。その呼称はどこかしら都会の華やぎをまとっていた。胸がドキドキしてくるのを感じながら待っていると、

「ちょっ、ちょっと待ってよスコさ！　まんずまあ、足が泥だらけでねの！　いま雑巾持ってくるはんで……チヤちゃ、ちょっとぉ、チヤちゃ！」

イトが困惑して呼ぶ声がした。

何ごとかとチヤは立ち上がった。急ぎ足で玄関へ向かう。上がりがまちにしゃがんだイトの背中の向こう側、三和土《たたき》に突っ立っている男がうつむけていた顔を上げた。

もじゃもじゃに波打つ長髪、分厚いレンズの黒縁眼鏡。秋風が身に沁みる季節だというのに、つんつるてんの紺絣《こんがすり》の着物、裸足に下駄履き。どこを歩き回ってきたのか、足は泥だらけ、濃い毛が絡みつく脛《すね》は泥ハネだらけ。大きなずだ袋を袈裟のように斜めがけにし、腰には縄で魚籠《びく》をくくりつけ、弓矢のように絵筆が何本も突き刺さっている。無心にすとんと立

つ姿は、画家先生というよりも、愛嬌のある子熊のような。

ふいに現れたチヤをみつけて、分厚いレンズの奥の目にやわらかな笑みが浮かんだ。チヤは森の中で子熊に出くわしたかのように、思わず身構えた。

やがて生涯の伴侶となるその男。――棟方志功と、チヤはこうして出会ってしまった。

3

チヤが魚を焼いている。

陸奥湾で獲れたヒラメである。チヤがひとりで暮らす弘前は海に面してはいないが、青森から活きのいい魚を行李《こうり》に入れた行商人が近所へ売りにやって来る。仕事が休みの日の朝、下駄をつっかけ、買い物かごを提げて、行商人が道端で売っているところへ買いにいくのだ。青森の実家は大家族だったので、安くて美味しい魚にずいぶん家計を助けられた。家事に追われる母を手伝って、食事のしたくはチヤが受け持っていたから、魚をさばくのも焼くのもほぐすのもお手のものである。

念願かなって看護婦の資格試験に合格したチヤは、この春、弘前市内の病院で働き始めた。初めて家族からひとり離れた生活が始まって、やっていけるのかどうか、両親もチヤ自身も心配ではあったが、案ずるより産むが易し、と言うではないか。大丈夫、なんとでもなるよ、と風呂敷包みひとつを抱えて単身赴任となった。赤城のチヤちゃはまんず度胸があるな、職業婦人になって弘前でひとり暮らし始めるづ、そうそうでぎねよ、と周囲の人たちには驚かれた。

いちばんさびしがったのは、友人の川村イトである。何をするにも一緒だった仲良しのチヤと離ればなれになるのが堪えがたいらしく、「ワぁも弘前に行ぐ！」と騒いだが、結局、歯科医の父の手伝いをするために青森を出ることは許されなかった。「チヤちゃ、ワぁがメさのためにこっちで働ぐどご見づげどぐはんで、早よ帰《け》ってけ」と、泣く泣く見送ってくれた。

始めてみれば、これがなかなか大変だった。最初の夜だけは、大家族からひとり離れてしまった心細さにふと後悔が湧いてきたが、仕事が始まるとさびしがっている暇などなく、看護婦見習いとして目まぐるしく立ち働かなければならなくなった。患者の着物を脱がせる・着せる、包帯を洗う、注射器を洗う、ピンセットを消毒する、反射鏡を磨く、泣く子をあやす、などなど。弟で練習した三角巾で腕を吊るなどは熟練の看護婦の仕事で、見習いは三角巾を洗濯板で洗うのが役割である。いつか腕吊りがしでな、と新たな目標が定まった。業務を終えて帰宅する頃にはくたくただったが、それでも、今日も一日頑張ったなと充実感があった。

下宿先の工藤一家は父の古い知人で、竹籠や麻紐などを扱う荒物屋を営んでいる。先年他界した婆《バ》っちゃがかつて寝起きしていた三畳一間が、いまではチヤの部屋だった。朝夕の食事付きで五円は安いのか高いのか、お金を払って人の家に住まわせてもらうのは初めてだったのでよくわからなかったが、それでも、くたびれて帰り着くと温かい食事が用意されているのは、しみじみありがたかった。

工藤家の四人の子供たちは皆独立したり嫁いだりして、いまでは老夫婦ふたりきりの生活に、新・職業婦人となったチヤが溌剌《はつらつ》と加わったことは、夫婦にとっても生活にハリが生まれてありがたいことのようだった。

夫婦はチヤの帰宅を待って、三人揃って夕餉となる。ご飯と味噌汁、漬物だけの質素な食事。ふだんはそのしたくを工藤のおばちゃにしてもらっているので、休日に限っては、チヤが魚を買いに行き、焼き魚や煮魚にして食卓に上げる。夫婦は美味《うめ》な、うめなと言いながら目を細める。ひとりぼっちではなく誰かとともに食卓を囲んでいる、そんな単純なことにチヤは安堵を覚えるのだった。

食事を終えると、終い湯をもらって、いよいよ楽しみなひとりの時間である。貸本屋で借りてきた本を裸電球の下で開いて読書する、そのひとときが一日の終わりのご褒美だった。

好んで読んだのは小説で、流行小説、女流作家のもの、なんでも読んだ。ときには歌集も借りてきた。なんと言っても与謝野晶子が好きだった。〈みだれ髪〉を読んで、何度ため息をついたことか。

〈やは肌のあつき血汐にふれも見でさびしからずや道を説く君〉

「やは肌」なんて、文字を見ただけで頰が熱くなってきてしまうけれど、憧れずにはいられなかった。

——あーあ、恋かあ。恋づ、どんなんだ？　甘《あめ》んか酸っぺんか、ほろ苦《にげ》んか。いっぺんでえがら、味見すてみでな。づっで、何考えてだが、ワだっきゃ！

と、真っ赤になって体をよじって、ひとりできゃあきゃあすることもあった。弟に見られたら「なんだ姉っちゃ、気持ぢ悪《わり》な！」と言われてしまいそうだ。

チヤはもうすぐ二十歳である。いい歳をして嫁にもいかず、与謝野晶子の歌に焦がれてひとりで悶絶している姿は、とてもじゃないが親きょうだいには見せられない。どこの家の娘も年頃になれば、親類縁者のつてで嫁ぎ先が決まり、愛だの恋だのに憧れる間もなく他家の嫁になり母になるのが慣わしである。実はそれがいやで看護婦になったとは、もちろん口が裂けても言えないのだが。

そんなふうに恋に恋する夢見がちな乙女であるチヤが、吹きくる風が冷たく感じられるようになった九月の末の夕暮れどき、台所の勝手口の外にしゃがんで、炙り火鉢で魚を焼いている。

工藤のおんちゃとおばちゃのためにではない。とある男——のためにである。

その男の名前は、棟方志功といった。

その日、チヤは休務日で、市内の中心部にある百貨店「かくは宮川」へちょっと行ってくると言って、午前中に出かけていった。ところが夕餉の時間になっても帰ってこない。何かあったのだろうかと工藤夫婦は気を揉みながら、今夜のおかずにとチヤが出かけるまえに買ってきてくれたヒラメを自分たちの分だけ焼いて、先に食事を済ませ、チヤの帰りを待っていた。

とっぷりと日が暮れて、柱時計が晩の六時を打つ頃、玄関の引き戸がガラガラと開く音がした。ようよう帰ってきたかとふたり揃って玄関口へ出て見ると、そこにいたのはチヤだけではなかった。見知らぬ男――牛乳びんの底のような分厚いレンズの眼鏡、鳥打ち帽の裾からはみ出したモジャモジャのウェーブがかかった髪、紺地に白の水玉模様のど派手なシャツ、すねをのぞかせたつんつるてんのズボン、くたびれた革靴を履いた男が、チヤと並んで、すとんと立っていた。おんちゃ、おばちゃと目が合うと、男は眼鏡の奥の目を細めて、にかっと笑いかけた。

おんちゃとおばちゃは文字通りぽかんとしてしまった。チヤは所在なさそうに肩をすぼめて、

「あの……こった青森のお友だちに、『かぐは宮川』でたまたま会って……」

弘前は初めてだというので、あちこち案内しているうちにこんな時間になってしまった。案内してくれたお礼に、自分が今晩とっている宿屋で食事をご馳走すると言われたのだが、だったらうちへ寄ってくださいと、「つい」誘ってしまった。もごもごとチヤが説明するの

に続いて、男は、鳥打ち帽をとってペコリと頭を下げ、

「ども、お世話になります。ワタクシ、青森出身、東京在住、棟方志功と申すます。絵描きをやっどります」

と、津軽訛りの東京弁であいさつをしたので、おんちゃとおばちゃは、はあ、と目をパチクリさせるばかりであった。

こんがりと焼き色のついたヒラメを皿に載せて、チヤはそれを茶の間へと運んだ。ちゃぶ台を前にした棟方は、四角くなって正座している。おんちゃとおばちゃは、東京から来た絵描きということで恐れをなしたのか、はたまた気を利かせたのか、奥へ引っ込んでしまったようだ。チヤは楚々とした手つきでヒラメの皿を棟方の目の前に置くと、

「まんず、なんもねけど、こったヒラメは毎朝陸奥湾から届くもんだはんで……」

と言ってから、

「おみ足、どうぞ崩すでぐださい」

ていねいな言い回しで促した。

「は。ど、ども。ど、どもです」

緊張しているのか、つっかえながら棟方が返した。そして、あぐらをかくかと思いきや、両足をしなりと斜めに崩して「姉《あね》さん座り」になったので、チヤはあやうく噴き出しそうになった。

棟方は、ヒラメの皿に飛び込むかと思うくらい顔を近づけて、

「やあ、まんず、こったヒラメは……うんにゃ、ではなぐで、これはこれは、このヒラメは大変うまそでねですか。いやはや、ええ匂いだな、まんず……あ、うんにゃ、ではなぐで、これはこれは、ワタクシの好物であります、ありまス、であるからスて、と」

めちゃくちゃなことを言っている。チヤはとうとうこらえきれずに噴き出してしまった。

「あ、あれ？　何がおがすなごど、言いますだがね？」

棟方は大真面目である。それがまたおかしくて、チヤは笑いが止まらなくなってしまった。

「すみません。笑えすぎですまいますだ」

袂《たもと》で目頭を押さえながら言うと、

「スだよ。笑えすぎですよ」

ちょっとふてくされたかのような、けれどとてもやさしい声が返ってきた。

棟方はもと通りきちんと正座すると、両手を合わせてヒラメに向かって一礼した。

「へば、いだだぎます」

箸でヒラメをひょいと持ち上げると、いきなりガブリと頭から食らいついた。チヤは目を丸くした。

「あっ、ちょっ、そったこと……」

猿コみでな食べ方、と言いかけてのみ込んだ。棟方は、もぐもぐ、ゴクリとやってから、

頭のなくなったヒラメを皿に戻して、

「いや、すまね。意地汚なぐで、すまねです。ワ、目が悪りはんで、細がいどごが見えねだ。魚の身をきれいにほぐすごどができねんです」

ようやく津軽弁になって言った。

チヤには、ああそうか、と思い当たることがあった。

その日、チヤは外出先の百貨店で、棟方と偶然再会した。しばらく立ち話をしていたが、弘前見物をしたいと言われたので、どこへ行きたいか聞いてみたところ、チヤさの好きなところ、と答えが返ってきた。そこで、まずは弘前城へ行き、それから撫牛子《ないじょうし》の八幡宮へと案内した。そのとき、この人はもしかするとかなり目が悪いのではないだろうか……と勘づいたのだ。

八幡宮の入り口には石造りの小ぶりな鳥居があって、参拝者はまずこれをくぐって本殿へと向かう。その鳥居の上には、額束《がくづか》の代わりにひょうきんな顔をした小鬼の像がちょこんと乗っていて、なんとも可愛らしく、チヤはこれが大好きだった。ほらあそこにめんこい鬼コが乗ってるんです、と指差すと、え、どごどご？　鬼コ？　としきりに探して、ああ、あれ、ほんとうだ、鬼コだ、めんこいな……と視線をキョロキョロと泳がせていた。

「すたっきゃ、ワが身をほぐすましょう」

そう言って、チヤは棟方のヒラメの皿を自分のほうへ寄せた。そして、ていねいに骨と身

を分けながら、

「川は皮から、海《み》は身から……」

と、つぶやいた。

子供の頃、母が子供たちの魚をほぐしながらつぶやいていた言葉である。それがいっそうおいしくするまじないのように感じられ、魚をほぐすときいつも自然と口をついて出るのだった。川魚ならまず皮を剝がす、海の魚ならまず骨から身を外す。魚をきれいにほぐすコツである。

よく見えていないからか、棟方は、分厚いレンズの奥の目をいっぱいに開けて、チヤの白い手がちょこまかと器用に動くのを食い入るようにみつめている。すっかり骨と身が分けられたヒラメの皿を、「はい、できますた」と、その目の前に差し出した。

棟方はうつむいて、やはりのめり込むように皿を凝視しているようだった。「見る」という行為がそのまま人のかたちになった、そんな感じで。

やがて棟方が顔を上げた。黒々とした瞳がうるんで光っている。目と目が合った瞬間、チヤの胸の奥のほうで、何かがことんとやわらかな音を立てて動いた。

「……忘れね。ワ、この瞬間、一生、忘れね」

棟方がつぶやいた。一語一語に情感をこめて。

もう一度、チヤの胸の奥で、何かがことんと鳴った。

たかが焼いたヒラメ一匹を巡るやりとりである。

そうだとすぐに気づいたわけではない。けれどその日、チヤは棟方に恋をした。


チヤが棟方と出会ったのは、昨秋のことである。

看護婦資格試験の勉強をしにいった川村イトの家で、面白い人が来るからと言われ、待っていたところ、現れたのが棟方だった。

確かに面白い人だと、ひと目見てすぐにわかった。すね丸出しのツンツルテン、絵の具で汚れた紺絣の着物を着て、下駄を履いた足は泥だらけ。なんでも、歩けば片道五時間かかるという八甲田山の麓《ふもと》付近までスケッチに行って帰ってきたと言う。つまり往復十時間。日の出とともに握り飯ひとつ持って出発し、昼前に到着して、猛烈にスケッチして、握り飯を食べて、沢の水を飲んで、少し昼寝までしてから、来た道を戻った。往きにくらべれば帰りは下り坂だから四時間ぐれで帰れだんでねが、いやあまんず山は紅葉で火事みでに燃えで、かっかかっかすでだ、空気は冷たぐで気持ちえがっだ、絵コもがっぱ描げでまんずえがっだえがっだと、大きな声でまくしたてて、ほんとうに往復十時間も歩いて帰ってきたんだろうかと疑いたくなるほど元気いっぱいであった。

聞けば、棟方は子供の頃から絵を描くのが何より好きで得意だったらしい。家業の鍛冶屋は継がず、青森県の裁判所詰めの給仕をして家計を支えつつ、自分勝手に絵を描き続けていたのだが、本格的に絵描きになろうと一念発起して、五年まえに東京へ出た。そのとき誓ったのが「たとえ親きょうだいの死に目にあえずとも、『帝展』に入選するまでは故郷の土を決して踏まない」ということだった。そして実際、父親が死んだと知らせを受けても帰らなかった。それまで帝展に四回応募して四回とも落選していた。そったことではあの世の父っちゃも母っちゃも故郷へ帰ることを許スでぐれね、どやたって入選さねばまいねと、歯を食いしばって頑張り続けて、ようやく今年、ほんとうにようやく、五回目の応募にして初入選を果たし、バンザイ！　万歳！　バンザイ！　と万歳三唱してから、それっとばかりに上野発青森行きの夜行列車に飛び乗り、青森駅から両親の墓所へ直行して、父っちゃ、母っちゃ！　ついに帝展に入選すますだ！　帰って参りますだ！　と、オイオイ泣いて墓石にすがった――と、猛烈な勢いでしゃべくりまくった。

　チヤはあっけにとられてしまった。帝展だのなんだの、絵の専門的なことはよくわからなかったが、はあ、すごぇ……と、ただただ圧倒された。何がすごいって、けっこう深刻な内容の話にもかかわらず、遠足から帰ってきた小学生のように、それはそれは楽しげに話していたことだ。

　棟方とは昔馴染みのイトが、スコさはすごぇじゃよ、こったふうだげど偉《えれ》ぇ先生なんだがら！　と持ち上げても、うんにゃうんにゃ、そったごどはね、まだまだ、としきりに謙遜し、今年入選でも来年はまいねかもしれねがら、帝展は甘《あめ》ぇもんじゃねだよ、などと言う。が、その難しいテイテンとやらに入選したとなれば、いっそうすごいということになるではないか。

チヤが興味津々になってきたのを認めて、イトが棟方に、スコさ、チヤちゃにおメさの絵コ見へでけ、と促した。そこで初めて棟方は画帳をチヤの目の前に広げて見せてくれた。

ひと目見て、チヤは、やはりあっけにとられてしまった。

画帳いちめん、真っ赤っかで真っ黄っき、真っ青さおで真っ茶っちゃ、フワフワ、ボウボウ、わちゃわちゃ、むちゃくちゃ、はちゃめちゃ……という感じである。これが八甲田山の風景？　えええ、どこが？　何が描いてあるのかさっぱりわからない。一枚、めくってみると、やっぱりめちゃめちゃ、もう一枚めくって、ぐちゃぐちゃ、もう一枚めくって……。

めまいがしてきた。

棟方はニコニコ顔でチヤの感想を待っている。チヤはたまらずに立ち上がって、

――あ、あの、もう帰らねば。そいだば、まだ。

そう言って、逃げるようにイトの家から出てきたのだった。

――と、それが一年まえの出来事である。

テイテン絵描きのスコさんとの出会いは夢でもまぼろしでもなかったが、まやかしみたいな冗談みたいな、とにかく強烈な印象をチヤに残した。ときどき、何かの拍子にふと思い出

しては、ヘンな人、と笑いが込み上げたりもした。

年が改まって季節が変わり、念願かなって看護婦として弘前の病院で働き始めてからは、おかしな絵描きのことなど思い出す余裕はなかった。

半年ほどが経った九月二十七日、チヤは休務日だった。朝、近所に魚を売りにくる行商人からヒラメを三匹買って、少しだけおめかしをして、ちょっとどかぐはへ行ってぎます、と店にいる工藤のおんちゃに声をかけ、チヤはいそいそと出かけていった。

「かくは宮川」は、六年まえに開店した東北地方で初めての鉄筋コンクリート四階建てのビルディングで、エレベーター完備で売り子の姉《あね》さんたちは全員洋装という、ハイカラでしゃれた百貨店である。青森から来たチヤにとって、弘前は「あの『かくは宮川』がある」憧れの都会だった。弘前に暮らして、せっかく近くに「かくは」があるのに行かないのは損、というわけである。

何を買うというわけでもなく、誰かに会う予定もなかった。けれど、「かくは」の店内に入っていくのはチヤにとって特別なことだった。だから多少ましな着物を着て、うっすら口紅もつけていった。それでも立派なビルに入っていくのはどうしたって緊張する。弘前のお殿さまに本丸へ呼び出されたって、こんなに緊張しないだろう。

館内は迷子になってしまいそうなほど広く、案内板が各所に張り出されていた。一階は化粧品売り場と傘、下駄、草履などの雑貨売り場、二階は婦人用呉服と婦人服、三階は紳士用呉服と紳士服、四階は宝飾品や時計などを販売している。最上階の四階では何か催し物もやっているらしい。チヤが行ったことがあるのは一階と二階だけで、三階以上には足を踏み入れる勇気がなかった。

チヤはその日も化粧品売り場をあてどもなく回遊した。大きなガラスの箱の陳列棚に並べられた白粉《おしろい》や頬紅、口紅、香水。きらめく宝石のごとく棚の中をあでやかに彩っている。いらっしゃいませ、と津軽訛りの東京弁で声をかけられるのも気分がいい。チヤは身を乗り出して、美しい香水瓶が並ぶガラスの陳列棚を上から覗き込んだ。

何度見てもため息が出る。香水はひとつ二円五十銭。下宿代の半分だ。買えるはずもなかったが、こうして見ているだけでも心が躍る。

花の香りに誘われる蝶のように、あちらの棚からこちらの棚へと、ふわふわ、ひらひら、舞い飛んでいると、

「——チヤさん？　チヤさんではありませんが？」

津軽訛りの東京弁の野太い声が聞こえてきた。

はっとして、ガラスの陳列棚の上にうつむけていた顔を上げると、鳥打ち帽にモジャモジャのウエーブがかかった髪、分厚い眼鏡に水玉模様のシャツ、一見都会風だがどことなくやんちゃな子熊を思い出させる風貌の男が、すぐそばにすとんと立っているではないか。

——あ。

「ス……スコさ？」

一年ぶり、まったく偶然の再会だった。まさか弘前の「かくは」で、しかも棟方にはなんの縁もゆかりもなさそうな化粧品売り場で出会うとは。

「なすて……でなぐで、どうすであなたはここにいるのでしょうか？」

かなり無理のある東京弁でそう訊かれた。いや、それはこっちが聞きたいんだが。

初対面のときとは違って、いまや職業婦人となったチヤは、無意識に背筋を伸ばして答えた。

「ワっきゃ、看護婦になっだんです。この春から弘前の病院で働いでらんだ。……おメさは？　その……テイテンどがいうのは、どうなったんだが？」

「帝展」のひと言がチヤの口から飛び出た瞬間、棟方は、はっと眉を上げた。

「やあ、よぐ覚えてだですね。帝展づで……はは、ハハハ」

取り繕うように笑って、

「もづろん、応募すますよ、今年も。帝展は毎年あるのです。そえで、毎年この時期になるど、いても立ってもいられねんだ、これが……」

帝展の応募締め切りは十月初旬。日本中の画家未満、つまり絵描きの卵たちは、その時期を目指して精進し、これぞと思う一点を完成させて、東京・上野の帝展開催会場に持ち込む。そのすべてに対し、画家の先達が審査員となり、厳正なる審査が行われる。入選するのはほんのひと握り。入選すればいっぱしの画家と認められ、落選すれば割れたはずの卵の殻の中へ逆戻りとなる。

入選はもちろんめでたいわけだが、一度入選したからといって、すぐに絵がどんどん売れるはずもなく、翌年にはまた落選ということもあるわけだから、まったく気を緩めることはできない。要するに、画家として何を目指しているのか、なぜ描くのか、何を描くのか、根本的なところがきっちり定まっていない限りは、憂世《うきよ》の風に茫洋と吹かれ、いつしか枯れ葉の吹き溜まりのようになり、塵芥《ちりあくた》のごとく存在価値がなくなるだろう。実際、現代画壇にのさばってエラそうにしている巨匠と言われる画家の中には、なんの意欲も情熱も感じられず、技巧に走り、権力に溺れて、ただの絵の具の無駄遣いじゃないかと疑いたくなるような駄作ばかりを生み出す魯鈍漢《ろどんかん》もあまた存在する。自分としては、このような権威主義が横行する現代画壇に一矢を放とうと、日夜研鑽を重ねている次第である……。

「あ、あの……ちょっ、待ってけ。なに言ってらのが、さっぱどわがんねだげども」

きらびやかな香水瓶の陳列棚の前でいきなり始まってしまった棟方の画壇批判に、チヤはすっかり面食らってしまった。

去年と同じく郷里の青森で夏を過ごした棟方は、これから東京へ帰って、当然今年も帝展に出展する。そのまえに、弘前の知り合いの画家グループが「かくは宮川」の催事場で開催する展覧会に立ち寄ったのだと、今度はあっさりと説明してもらって、ようやく要領を得た。

「展覧会はもう見ですまって、今晩は弘前に泊まるからしで、時間はたっぷりコあるし、こったハイカラなデパートメントは東京でも行ったことがねがら、ぜんぶ見て帰るべと思っだんです。そうすたら、あなたをみづげだんだ」

かなり意識してのことだろう、津軽弁と東京弁が互い違いに絡まり合って、なんとも不思議な言葉遣いである。やっぱり面白ぇな、とチヤは笑いを嚙み殺した。

「弘前は、初めてですか?」

チヤも東京言葉を遣ってみた。棟方は、こくんとうなずいた。

「はい、初めでです」

「それでは、私がご案内すでしんぜましょうか?」

分厚いレンズの奥の瞳がたちまち輝いた。

「はい。ぜひ」

チヤは微笑んだ。

「どこへ、お連れすでしんぜましょう」

棟方は大きな笑顔になった。

「どごでも。チヤさの好きなどごなら、どごへでも」

チヤがほぐした焼きヒラメをきれいに平らげ、酒をまったく嗜《たしな》まないからと白湯《さゆ》を三杯ばかり飲んで、その夜、棟方は工藤家を辞した。

たいした話をしたわけでもない。ふたりでちゃぶ台を囲み、ふざけて笑い合ううちに夜が更けていった。若いふたりをそっとしておこうと思ったのか、いつのまにかおんちゃとおばちゃは寝てしまったようだった。

ふと、このまま泊まっていきませんか、と言いたいような気持ちになった。が、言えるはずがなかった。

――そいだば、また……。

去年自分が投げつけた別れの言葉が、今度は棟方の口からこぼれたとき、なぜだろう、泣き出しそうになってしまった。

三日後の朝。

「へば、行ってきます」

いつものように出勤まえに工藤夫婦の部屋へ行き、閉じたふすまの向こう側へ声をかけた。

すると、ふすまがすらりと開いて、おんちゃが顔をのぞかせた。

「チヤちゃ。この新聞記事、見でみれ」

四つ折りにした弘前新聞を差し出した。チヤは首をかしげて、その記事に視線を落とした。

〈弘前高等学校サイプレス洋画会秋期会を評す　棟方志功画伯〉

「あ」とチヤは声を上げた。

「スコさんでねが。わあ、すごぇわ。新聞さ評論だぎゃ書いで……」

「違う、ちがう。そごでね。そのずっと下のほう、小せぇ囲み記事だ、ゴスップ欄。ゴ、ス、ッ、プ」

ゴシップ欄……？　何か騒動にでも巻き込まれたのだろうか。あわてて「告知」や「尋ね人」が掲載されている紙面の下のほうを見てみると——。

〈チヤ様　私は貴女に惚れ申し候。ご同意なくばあきらめ候　志功〉


——え？　これって……。

まさかの公開ラブレター。チヤの頰がみるみる真っ赤に染まった。

「まんず、リンゴが熟れだな」

おんちゃがくすっと笑うのが聞こえた。

こうしてチヤは、心のぜんぶを棟方に持っていかれてしまったのだった。

一九三〇年（昭和五年）五月　青森
――一九三二年（昭和七年）六月　東京　中野

4

チヤが雑誌を読んでいる。

表紙に「白樺　二月號」と書いてある。大正十年（一九二一年）発行のものだから、かれこれ九年もまえに出された古雑誌である。

掲載されているのは、小説、評論、詩などなど。評論は、美術についてのものが多い。特徴的なのは、多くの口絵が載っていること。白黒写真ばかりではなく、色付きのものもある。総合芸術雑誌といえばいいのだろうか。読書が好きなチヤだったが、この手の雑誌を手に取ったことはそれまでなかった。

古雑誌「白樺」はもう一冊あった。これはさらに古いもので、明治四十五年（一九一二年）発行。十八年まえだ。となると、チヤがまだほんの二歳の頃である。すごいなあ、と感心する。この雑誌が店頭に並んだときに、自分は自分の名前すら読めなかったわけである。

それが十八年後のいま、こうして、柳宗悦《やなぎそうえつ》だとか武者小路実篤《むしやのこうじさねあつ》だとか、おそらく文壇では名の知られた立派な先生がたの難しい文章も、意味はよくわからないにしても、とりあえず読めているのだから、そんな自分がちょっとすごいと、そこに感心しているのである。もっとも、初見の漢字や難解な言い回しに何度も引っかかり、すらすら読めるとは言いがたかったが。

柱時計がボンボンボンと十回鳴った。家人は皆、とっくに寝静まっている。けれどチヤは弘前での下宿時代に覚えた夜の読書の楽しみを、こうして実家に戻ってきてからも続けていた。

チヤに二冊の古雑誌を与えたのは、棟方志功であった。そして、チヤが実家に戻るきっかけを作ったのも、やはり棟方志功であった。

「白樺　二月號」には、厚紙を切って作られた栞《しおり》が挟んであった。色付きの口絵のページで、花瓶に生けられたひまわりの絵が載っている。

この絵を初めて見たとき——正確にいえば、見せられたとき——ふたつのことにチヤは驚かされた。第一に、絵が目の中に飛び込んできたこと。深い海の色にも似た群青を背景に、ひまわりは黄色く尖った花弁を振り乱し、まるでたったいま目の前で生けられたかのように冴えざえと咲き誇っていた。それは、いつだったかイトに聞かされた「画家を目指すすべての若者たちが熱狂している西洋の画家」、あの「ゴッホ」という名のゼンエー画家が描いたものだった。

第二に、このページを開いて見せた棟方が、ワはこった絵を描く画家になりでんだ、と言ったこと。つまり、自分はいつの日か「日本のゴッホ」になりたいのだ、と。

――この雑誌、おメにやるはんで、これをよぉぐ見で、毎日拝んでけ。棟方志功が一人前の画家になって、絵が売れるようになって、早《はえ》ぐ一緒に暮らせますように、づで。ワもおんなじ雑誌さ東京で買って、この絵さ毎日拝んで、おメのごど一心に思って生きていぐはんで。すばらぐは離ればなれだげど、一日も早くおメを東京さ呼べるように、頑張るがら。

棟方の言葉は、チヤの胸の中に蒔かれた夢の種子だった。夢想の花畑は日々はつらつと育ち、とんでもない方向へと広がっていった。こんなふうに――。

――チヤは、一流の画家になった棟方と東京の家で一緒に暮らす。それは西洋風の立派な佇まいの家で、囲炉裏《いろり》ではなく暖炉があって、暖炉の上にはひまわりの花が生けられていて、その花を生けたのは自分なのである。「かくは宮川」で買った洋服を着て、いい匂いの香水もつけている。そして棟方のために、棟方のためだけに、自分は毎日魚を焼いて暮らすのだ。

あの人は、そのうちにゴッホのような立派な画家先生になって、自分を迎えに来てくれる。そうしたら、ふたりで汽車に乗って東京へ行く。ふたり並んで座席に座り、あの人は、きれいなかたちの西洋ふうの鍵をそっとこの手に握らせてくれる。そして耳もとに甘いささやきが聞こえてくる。待たせてすまなかったね、チヤ。お前のために新居を準備したよ。暖炉も庭もある広い家だ。きっと気に入ってくれると思う。これからは毎日、僕のために装って、化粧して、香水をつけて、ひまわりを生けて、魚を焼いて、魚の身をほぐしてくれるだろうね？

——はあ、そった日が早ぐこねがなあ……。

とチヤは、こうして夜な夜な夢想の花畑にひとり遊んでいた。弘前の下宿先から「出戻り」となった実家の自室で、〈ひまわり〉の絵を穴が開くほど眺めて暮らしていた。

そうなのである。この春、チヤは棟方志功の妻になったのだった。

風薫る五月、ようやく日中はこたつに煉炭を入れずに過ごせる季節が到来した。

布団だけかぶせたこたつを囲んで、チヤとイトがおしゃべりに花を咲かせている。

その日は日曜日で、イトが看護婦として手伝っている父の歯科医院は休みの日だった。春先にチヤが実家へ戻ってからというもの、イトは休務日になれば手みやげ持参でこうしてやって来るのだ。

「チヤちゃ。おメ、やっぱりだまされたんでねが？」

イトの手みやげ、三浦甘精堂の羊羹を切ってチヤが運んできたところで、開口一番、イトが言った。

「なすて!? んなごどね、スコさ、なんぼいい人《ふと》だもの！ ワんど、ふたり揃って善知鳥神《うとうさ》社《ま》にお参りすで、神さまの前で誓って、夫婦《めおと》になっだんだよ！」

親友の意地悪なひと言に、チヤはすぐさま反撃した。が、イトは呆れたように、

「づが、おメんど、祝言あげたわげでもね、婚姻届を出すでもね。たーだ善知鳥さまさふたりっぎりでお参りすで、賽銭箱に一銭だが五銭だが投げで、そえで夫婦になっだづで言ってんだべ？」

まるでその場に立ち会ったかのように言われてしまって、チヤは首を引っ込めた。

「まあ、したばって……」

イトはため息をついて、

「スコさはひとりで東京さ戻ってですまって、おメは結婚すたづのに実家へ出戻りで、一日中なんだかよぐわがんね絵コの写真さ拝んで暮らすでるづで。どう考えでも変でねの？」

追い討ちをかけてきた。チヤは夢想の花畑をイトに見せられないのがくやしかった。

「だって……東京さ呼んでくれるづで約束すだんだもの。今はまだ絵が売れねがら無理だども、売れるようになっだら大っきな家借りて一緒に住もう、づで」

「はあ、無理、ムリ。おメ、スコさの絵コ、ちゃんと見だごどあるけ？」

「見だよ。イトちゃのうちで」

「あの、八甲田から帰ってぎで、初めで会っだどぎ？」

チヤがうなずくと、イトはもういっぺん特大のため息をついた。

「すたっきゃ、覚えでるべ？　絵の具ぐっちゃぐっちゃに塗だぐって火事みでな絵だったでねが。そった絵、誰が買うのよ？」

チヤは花畑の花々が急速に萎《しお》れていくのを感じた。が、ここで枯れてなるものか。

「……ゴッホになるんだもの。スコさは、ゴッホに」

きょとんとするイトの顔に向かって、チヤは、肌身離さず手元に置いている「白樺」の一ページ、あの〈ひまわり〉が絢爛と咲いている図版を開いて、「これ！」と突き出した。

「スコさが教えでけだんだよ。どごだがのお金持ぢがこの絵をフランスから取り寄せで、東京で展覧会さ開いで、がっぱがっぱ人が押す寄せで、大評判になって、新聞やら雑誌やらに印刷されで……そえで……そえでもって……」

「白樺」をチヤに手渡すとき、そのページを開いて見せながら、棟方が切々と話して聞かせてくれたのだ。

この絵にどれほど目を開かされたか。どれほど奮い立たされたか。どれほど力強く前に押し出されたか。

ゴッホの〈ひまわり〉。それは、単なる花の絵ではなかった。それは遠く輝く星であり、暗い海を照らす灯台であり、進むべき道を指し示す道標《みちしるべ》だった。

この絵を見た瞬間、棟方志功は決心したのだ。

自分は日本のゴッホになるのだ！　と——。

チヤは勢いよく立ち上がると、棟方が乗り移ったかのように声を放った。

「――ワ、ゴッホになるッ！」

イトはチヤを見上げて、文字通りぽかんとしてしまった。チヤはお構いなしで、

「……づで決めたんだよ、スコさは！　そのうぢに、ゴッホみでな立派な画家になるわげよ！」

自信満々で言い切った。イトはどん引きである。チヤは、すとんと座り直すと、

「だはんで、大丈夫。ワ、なーんも心配すねがら」

と、自分に言い聞かせるようにつぶやいた。

その日、「結婚したのになぜか出戻り」となったチヤに、友として苦言を呈さねばと心を決めて訪れたイトだったが、思いがけないチヤの反撃を受け、長い話を聞かされることになってしまった。

棟方志功がいかにして画家を目指すことになったのか。

その生い立ちと苦労話を、棟方に聞かされたというそのままに、チヤはイトに切々と語って聞かせた。


棟方志功は、一九〇三年（明治三十六年）、青森の鍛冶屋の家に生まれた。

父・幸吉と母・さだは十五人の子供をもうけ、棟方はその六番目、三男坊である。父は腕のいい職人だったが、一家は貧しく、子供たちはいつも腹を空かせていた。

父が鉄を打ち、兄たちが向こう鎚《づち》を打つ。棟方はそのそばに座って、熱せられた鉄が打たれてかたちを変えていくのをじっと見ていた。煤《すす》が舞い上がり目に入ったが、目をこすりこすり、見るのをやめなかった。棟方の弱視はこの頃に始まったのかもしれなかった。

父は、大八車の車輪から幟旗《のぼりばた》を竿に通す輪っかまで、頼まれればどんなものでも器用に作った。家庭で日常的に使われている鋳物——釘や棒鱈を吊るす鉤《かぎ》など——を売り歩くのは母の仕事だった。真冬の吹雪のさなか、指なしの木綿の手袋の手に縄に吊るした鉤を提げ、一軒一軒の裏木戸を叩いて回るのは、どれほど冷たく凍える仕事だったことだろう。

棟方はきょうだいたちとともに、母が帰ってくるそのときを待ちわびた。あたりが薄暗くなる時刻、勝手口の戸を開け吹雪を連れて母が帰ってくる。同時に子供たちがいっせいに群がった。母は蓑の中から、冷え切った手で新聞紙に包んだふかし芋を取り出して、子供たちに分け与えた。母の指の冷たさとほかほかのふかし芋の温かさは、その後何年経っても棟方の脳裏から消え去ることはなかった。

父は腕のいい職人に違いなかったし、仕事の評判はよかったのだが、大酒飲みで、金が入ればすぐに子供に酒を買いに走らせた。棟方も物心ついた頃にはもう酒瓶を抱えて酒屋へとお使いに出されていた。さらにひどいことに、父は酔うとやたら当たり散らした。そのとばっちりを母が一身に受けた。一度、何が理由だったたか、酔った父が激昂して鉄瓶を幼い棟方に向かって投げつけたことがある。あっと叫んでその場に倒れたのは棟方ではなく母だった。とっさに棟方に覆い被さったのだ。母の額が割れて赤い血が流れ出した。その沁みるほどの赤い色は棟方の網膜に痛々しく刻み込まれた。

いつもぼんやりとかすんだ視界の中で、それでも棟方が見出したのが「絵」であった。

青森市はわびしい地域であった。本州最北端の町は、城下町だった弘前とは違って活気に乏しく、荒ぶる海と厳しい気候に苛《さいな》まれる土地に暮らすのは容易なことではない。だからこそ、人々は年に一度のねぶた祭りを心待ちにし、その時期が近づけば自然と町中がそわそわした空気に包まれるのだった。

棟方の「絵」の原点は、なんといってもねぶたにあった。春になれば町内ごとにねぶたの山車《だし》の準備が始まる。まずはねぶたを制作するための小屋が建てられ、その中でねぶた師たちが巨大な人形をこしらえていくのだ。小屋掛けが始まると棟方はいてもたってもいられないほど気分を昂らせた。ねぶた師以外は小屋に入ることはできない。だからいっそう、祭りの日が待ち遠しかった。

祭りの当日、ねぶたが町を練り歩くあいだじゅう、棟方は目を皿のようにして一心にその光景をみつめていた。宵闇の中で発光しながら激しく動き回る勇壮な武将や鬼。大きなかたちと鮮やかな色が目に飛び込んでくる。棟方少年はたまらなくなって叫び声を上げ、飛び跳ねながらどこまでもねぶたを追いかけた。祭りのあとは、その興奮がどこかへいってしまわないうちに紙に筆で描きつけた。義経、弁慶、辰五郎、阿修羅、赤鬼、青鬼、八岐大蛇《やまたのおろち》。

――スコ！　絵コ描いてけろ！

尋常小学校でもひまさえあれば絵を描いていた棟方の周りに、やがて学童たちが人垣を作るようになった。棟方が繰り出す武者絵が欲しいと、押すなおすなの大盛況である。頼まれれば喜んで棟方は描いた。自分の描く絵が誰かを喜ばせているのが嬉しくて、どんどん描いた。

尋常小学校を卒業してすぐ、十二歳の棟方は兄とともに家業の鍛治を手伝うようになった。やがて父は仕事を兄に任せっきりになり、仕事の依頼もめっきり減って、棟方はひまを持て余すようになった。じっとしていると空腹がこたえるので、とにかく絵を描いた。絵といっても、映画のチラシや大衆雑誌に載っている挿絵をせっせと書き写していたにすぎない。それでも、その様子を近くで見ていた母などは、おメはほんどに絵コがうめな、と感心しきりであった。

――絵描きさ、なるんだか？

母の質問に、わがんね、とそっけなく答えた。照れくささもあったが、ほんとうにわからなかった。絵を描くことを生業《なりわい》にするだなんて、そんなことできるはずないだろうし、どうやってその道へ進めばいいのか、皆目見当もつかない。ただ、絵を描いていれば空腹を忘れることができる。自分の世界に入り込んで、誰にも邪魔されずに、思う存分羽を伸ばせる。

棟方にとって、絵とはいつまでもたそがれない原っぱだった。晴ればれと広がる空、気持ちのいい風が吹き渡り、愛らしい花々が揺れている。その真ん中を突っ切っていくとき、棟方少年はいつも笑っていた。ちびた鉛筆を握り、木炭紙を綴じて作った手製の画帳の表面ぎりぎりに顔を近づけて、ひたすら絵を描いているあいだだけは、彼の心にはどんな憂いもなかった。

――おメが絵描きになっだどごさ、見でなあ……。

夢を見るように、母がつぶやいていた。ひもじくつらいばかりの貧乏暮らしで、つぎはぎだらけのぼろを着て、赤いもののひとつ身につけたこともない母。せめて夢想の草原に息子の手引きで分け入ってみたいものだと、心のどこかで思ったのかもしれない。

が、子供たちの行く末を見ることなく、母は逝ってしまった。享年四十一。肝臓癌だった。

今生の別れの日、それまであんなに母に当たり散らしてきた父が、男泣きに泣いていた。

――さだ！　おメを打つんは、こえで最後だ、こえが最後だ！

父は泣き叫びながら、棺の蓋に釘を打ち付けていた。あまりにも悲しい別離の光景を、十七歳の棟方は、泣くことすらできずに呆然と眺めるばかりだった。

その頃、棟方は青森県の裁判所に勤務していた。鍛冶屋の仕事がなくなって、毎日絵を描いて時間を持て余しているのを、近所に住んでいた弁護士が気の毒に思い、裁判所の詰所で働いていた給仕が近々辞めるので代わりに働かないか、と声をかけてくれたのだ。決まった給金がもらえれば家計の足しになる。棟方は、一も二もなくこの話を受けた。

朝五時に起きて、五時半まえに裁判所に到着。詰所の掃除をさっさと済ませ、手製の画帳と鉛筆を持って、徒歩二十分ほどのところにある合浦《がっぽ》公園へ出かける。海原に面した松林が広がる公園は、もと弘前藩の庭師が造ったという公園で、八橋が架かる池や老松など、趣向を凝らした景色が楽しめる。棟方はこの公園にほぼ毎日写生をしに通っていた。公園で六時から七時半まで写生し、来た道をまた戻る。八時の始業まえには詰所に帰り着き、次々に到着する弁護士先生たちを迎える。

先生たちは、給仕のキューー、と棟方のことを呼び慣わしていた。おーいキューー、こっちだキューー、と呼ばれれば、はいっ先生、はいはいっ、とすぐさま応えて、棟方はくるくるとよく働いた。

毎日合浦公園へ出かけていっては絵を描き、そのあとはちょこまかと働いて、きちんと給金をもらえる。こんなありがたいことがあっていいのだろうかと、働けることに感謝していた。

毎月、給金は手をつけずにそっくり母に渡した。母はいつも、ありがどうごぜえます、とそれを押しいただいて、仏壇に供えていた。

その母は、もういない。

胸の真ん中にできた空洞をどうにか塞ぎたくて、棟方はいっそう絵を描くことに気持ちを傾けた。始業まえの合浦公園のみならず、裁判所での休憩時間も、家への帰り道でも、わずかの時間をみつけては鉛筆を走らせた。筆と顔料を買って、水彩画にも挑戦した。

やがて、なんだかわけのわからない絵を描いているおかしな若者として、棟方志功は近隣でちょっとした有名人になった。合浦公園に現れる彼の背後にはぞろぞろと子供たちの群れがついてくることがよくあった。「スコの絵バカ」と呼ばれ、悪童たちにはやされることもあった。しかし彼はまったく意に介さず、ただ黙々と鉛筆を動かしていた。

合浦公園での写生が終わると、棟方は必ず自分が写しとっていた風景に向かって一礼をしてからその場を去るのが常だった。彼には絵を教えてくれる師はいない。唯一先生がいるとすれば、それは目の前の風景だった。いつもぼんやりとかすんでいる視界の中で、きらめく海や風に揺れる木々、青空に立ち上る雲、大きな風景のすべてが美しかった。それをどうにか自分の筆で写してみたいと、彼は果敢に挑んでいた。その姿が周囲の人々には滑稽に見えたのだろう。しかしそのうちに、毎朝、写生する棟方の近くに佇んで彼の様子を熱心に見守る中学生くらいの少年が現れた。

当初、少年は少し離れたところで遠慮がちに棟方が写生するのを眺めているようだった。だんだん近づいてきて、やがて大胆に画帳をのぞき込むようになった。ふんふんと鼻を鳴らしながら、いかにも興味深そうにみつめている。そのうちにふたりは言葉を交わすようになった。少年は鷹山宇一《たかやまういち》と言って、青森県上北郡の裕福な家に生まれ育ち、県立青森中学に通っていた。公園内を散歩しているとき、懸命に絵を描く棟方をみつけ、風景に向かってお辞儀をするのを目撃して、ただものではなさそうだと興味をそそられた。やがて鷹山は棟方に感化されて、絵描きへの道を歩むことになる。

鷹山のほかに、若き棟方とともに絵に憧れ、画家を目指した青年たちがいた。

古藤正雄は大湊の鍛冶屋の息子だったが、十四で青森市内の菓子屋、三浦甘精堂に働きに出た。彼もまた棟方と知り合ってからは絵に熱中し、仕事も手につかないほどになってしまった。カステラを焼きながら一心に絵のことを考えて真っ黒に焦がしてしまうこともよくあった。菓子用の餅粉、紅粉、草色黄色の粉を食用油で溶いて絵の具を作り、ふすまを画布代わりにして「油絵みたいなもの」を描いて店の主人夫婦を驚かせたことは、後々までの語り草となった。

松木満史は西津軽郡の裕福な桶屋の息子で、当初は彫刻家を志し、十三歳のときに青森市内の仏師・本間正明に弟子入りをした。母・さだが亡くなったあと、本間仏師のところへ位牌を注文しにやって来た棟方と、そのとき店番をしていた松木が出会ったのが、長い付き合いの始まりだった。ふたりはすぐに意気投合した。松木は三歳年上の棟方の影響を大いに受け、いつのまにか彫刻ではなく絵の道へと踏み入っていた。のちに松木は棟方の後を追いかけるようにして上京し、年下なのにまるで兄のように棟方の面倒をよくみて、ともに画家となるべく切磋琢磨する間柄となった。

「絵バカ」と揶揄されてきた棟方だったが、同じような「画狂青年」の仲間を得て、互いに刺激を与え合い、自分たちはほかの若者とは違う、本気で本物の絵描きになるんだと心に決めて、いよいよ絵描きの一本道に踏み出した。まずは本格的な油絵を描いて展覧会を開こうじゃないかということになった。

とはいえ、四人ともまだ十四歳から十九歳の若造で、美術学校に通ったわけでも先達に指導を受けたわけでもない。実は油絵というのがどういうものかも知らず、どうやって油絵を描いたらいいのかもわからない。それでもなんでもやってみようと意志だけは高く掲げていた。活動を始めるにあたってグループ名をつけようと盛り上がった。侃々諤々《かんかんがくがく》の議論の結果、決まった名前は「青光社」。なかなか格好いいと、皆大満足である。

どうせ展覧会をやるなら、もっと仲間を増やしてからやってはどうか。そこで、公募展にして画家を目指す同志を発掘することにした。審査員は自分たちである。自分たちが面白いと思った絵を、自分たちが描いた絵とともに展示するのだ。

かなり無茶な企画だったが、珍しさも手伝ってか、「第一回青光画会展覧会」は七十点余りの作品を展示し、連日たくさんの人々が訪れて、意外なほど盛況を博す結果となった。地元の新聞も宣伝に一役買ってくれた。新聞に載るなんてことは想像もしなかったが、ちょっとした話題になって気分も上々である。

さあこれで画家になるための準備は整ったと棟方は思った。絵バカとかバカスコとか呼ばれて変人扱いされてきたが、それがなんだというのだろう。いまに見でろ、ワはいずれ世界に認められる画家になるはんで！

青森という一辺境から世界へ一足飛びに出ていけるはずもない。それでも棟方の中にはなぜか「青森の次は世界」という大決意がすでに芽吹いていた。何を根拠にと問われれば、なんの根拠もないと答えるしかなかったのだが、幸い誰にも問われなかったので、勝手にそう思い続けることにした。

そして実際に、彼を世界に結びつける出来事がまったく予期せぬかたちで訪れた。棟方十七歳のときのことである。

棟方の絵仲間に小野忠明《おのただあきら》という同い年の青年がいた。小野は弘前出身で、早くに父を喪《な》くし、母がカトリック教会の賄い婦をして女手ひとつで家計を支えていた。これからは機械の時代が来る、家計を助けるためにも最先端の技術を身につけようと工業学校の機械科に入ったものの、どうも面白くない。青春真っ只中の小野は、逸脱してもいい、人とは違う何ものかになることに憧れていた。その頃、たまたま通りがかりに見た洋画の模写展に天啓を受けたかのような衝撃を受け、絵描きになろうと決意した。

とかく逸脱に憧れていた小野は、芸術雑誌「白樺」を読み漁り、セザンヌの自画像ふうの帽子を自作して被り、絵の具箱とカンヴァスを抱えて弘前の街を闊歩した。さらに民衆解放運動の切っかけとなった新雑誌「改造」の定期購読を書店に申し込んだことから警察に睨まれるはめになった。小野は弘前にいられなくなり、半ば出奔するように青森へと移住した。古雑誌を売って食いつなぐような貧乏ぶりだったが、志は高く、あきらめずに絵を描き続けていた。

ある日曜日のこと、写生の帰り道、鍛冶屋の店先に停まった荷車に腰掛けて、画帳に顔をくっつけるようにして鉛筆を走らせている同年代の若者を見かけた。ころんと小柄で無心に絵を描く様子がまるで子熊のようだった。この子熊が十七歳の棟方だった。小野は面白く感じて声をかけてみた。彼が絵の具箱を提げているのを見て、棟方のほうも人懐っこく小野に自分の描いているものを見せた。少女雑誌の挿絵の写し書きのようなもので、棟方はこの頃油絵に憧れつつも油絵のなんたるかをよく知らず、技巧も形式も主義主張も何もない挿絵のような絵を描いていた。夢見る子熊は、都会の弘前からやって来たというちゃんとした油絵を描いている小野にたちまちなつき、彼の下宿に頻繁に出入りするようになった。

棟方は油絵の具と小さめのカンヴァスを小野に分けてもらい、画題、構図、下絵、重ね塗りの手法など、細やかに手ほどきを受けた。初めての油絵に棟方は夢中になった。色を変えるのに絵筆を布で拭うのももどかしく、袴にこすりつけたものだから、棟方の袴は絵の具だらけでゴワゴワに固まってしまった。最初は小野が描くのを真似て恐る恐る筆を動かしていたが、次第に大胆になっていき、ウワーッとかヒョーッとか奇声を上げたり、調子っ外れの鼻歌を歌いながら、激しく筆をカンヴァスにぶつけて描くのが彼のスタイルになった。

ふたりは同い年ということもあって話が合い、しょっちゅう絵画論を打《ぶ》ちあったりした。

あるとき、ふと小野がこんなことを言った。

――おメの油コ見でるど、なんどなぐゴッホを思い出すんだなあ……。

棟方は、眼鏡の奥の目を瞬《しばた》かせて、

――ゴッホづだら、画家だべ？

――すだ、オランダ人の画家だ。知ってるが？

――よぐは知らねども、名前だけは。

すると、小野は一冊の雑誌を持ってきて、図版のページを広げて差し出した。

――この画家、バン・ゴッホ。「革命の画家」だ。

小野が言った「革命の画家」とは、雑誌「白樺」の主宰者・柳宗悦が同誌に寄稿した画家論の題名だった。小野はこの評論に震えるほど感動して、その中で論じられたセザンヌ、ゴーギャン、ゴッホら「後印象派」の画家たちを崇拝していたのだ。

棟方は、差し出されたページに視線を落とした。と、すぐに奪い取るようにして雑誌をわしづかみにすると、図版にがばっと顔をくっつけた。

そこにあったのは、ひまわりの絵であった。目が覚めるようなコバルト色の背景の中に浮かび上がる、花瓶に生けられた六輪のひまわり。あるものは絢爛と咲き誇り、あるものはぎっしり花弁が詰まった頭を重たげに傾け、あるものはたったいま力尽きて卓上に落ちている。その姿かたち、その色の奔流。絵の中から聞こえてくる花々の歌声、叫びとささやき――。

全身に鳥肌が立ち、額にふつふつと汗が滲み出た。棟方は開いたページの中に吸い込まれそうになった。そんな体験は、子供の頃に夢中でねぶたを追いかけて以来のことだった。

――わ……わ……わわ……わわわ……。

棟方は雑誌に顔をこすりつけたままで、全身をわなわなと震わせた。異様な気配が友から立ち上ってくるのを感じて、小野は目を見張った。バネで弾かれたように、棟方は突然、雄叫びとともに立ち上がった。

「――ワぁゴッホになる――――――ッ!!」

再び叫んで、チヤが立ち上がった。今度は勢い余って裸電球にゴツンとおでこをぶっつけてしまった。

「あだっ！　痛《いで》なあもう、こった電球コは……」

おでこに手を当てて文句を言った。こたつを挟んで向かい側に座っているイトは、すっかり呆れ顔である。

「ま、とにがぐ」とチヤは、おでこをなでなで、座り直して言った。

「あの人は決めだんだよ。ゴッホになる、づで。すでさ、世界一の画家を目指す！　づで。だはんで、ワはあの人ば信ずるべって、思ってでんだ」

イトはくすくす笑い出した。

「わがっだ、わがっだ。おメんど、いーい夫婦になりそだな」

チヤは焼き餅のように、ぷうと膨れっ面を作って見せた。

「話、まだ途中だよ。そいからスコさは、いよいよ、東京さ出て、帝展に挑戦すで……」

「知ってるよ。四回連続で落選して、五回目にようやぐ入選すで……」

「そえから青森に帰《け》ってぎで、イトちゃのどごに立ち寄って、たまたま、ワと会って……」

「んで、おメんど、去年、弘前で偶然再会すで。そえでまもなぐ夫婦になっだ」

「すだよ」

「すだのに、おメは実家に出戻りすで、スコさは東京へ行ってですまっだ。婚姻届も出さねで」

「まあ、すだけんど……」

イトがまた、「ったく、こったおがすな夫婦は見だごどね」と、くすくす笑った。

「すだばって、なんだからうらやますいじゃ。ふたりども、まっすぐで」

チヤはこくんとうなずいた。それから頰を染めて、えへへ、と照れ笑いした。

こうして、チヤは、棟方とともに結婚という名の大冒険を始めたのだった。

5

チヤが手紙を書いている。

相手は夫、棟方志功だ。まだ夫婦になるまえ、手紙のやり取りを始めた頃は、あの偉い画家先生に読んでもらうものなんだから、おかしなことを書いては恥ずかしいと、書くまえから緊張して、机の上に墨硯と筆を揃え、まずは新聞紙に書いて練習し、それから清書したものだ。いまではそんな余裕はない。毎日まいにち藁半紙に鉛筆でせっせと書いて、せっせと郵便ポストまで通っている。

が、夫もさるもの、向こうからもどんどん手紙がくる。多いときには一日三通もくる。便箋の表にも裏にもびっしりと文字がひしめいている。いっぺんに書けばよさそうなものだが、投函したあとに言いたいことを思い出し、追っかけまた書くようである。

結婚して約一年半。いまなお離ればなれに暮らすふたりのあいだをつなぐ手紙には、やさしい愛の言葉などひとつもなかった。

「あなたも、ご苦労、多き事、よくよく分かっては、おりますが……」

チヤは藁半紙に鉛筆を走らせながら、夫に向かって口の中でつぶやく。

「私は、いつまで、こんな、暮らしを、しなければ、なら……ねんだよもうっ！」

思わず机に向かって鉛筆を投げつけた。もう一年以上も同じことを書き続け、さすがにうんざりである。

かたわらで安らかな寝息を立てていた赤ん坊がぐずり始めた。生後三ヶ月の長女、けようである。やがて火がついたように泣き出したので、おおよしよし、と抱き上げて乳を含ませた。

無心に乳を飲む小さな顔。初めて授かった子供に、けよう――「きょう」と発音する――と名づけたのはこの子の父、棟方である。みつめていると、夫の面影がよみがえる。愛おしさと切なさ、憎たらしさと情けなさ。いろんな気持ちがないまぜになってチヤの心をかき乱す。

ほんの半刻まえに届いた棟方からの手紙。そこにも相変わらず長いながい言い訳めいた文言が連なっていた。だいたいこんな感じである。

お前と子供と離れればなれで生活しなければならないのを申し訳なく思っている。しかし自分ひとりですら食べるのに苦労している現状では、どんなに呼び寄せたくても無理なのだ。お前と子供と一緒に暮らしたいのは自分も同じだ。そのために一生懸命仕事をしている。しかし絵はなかなか帝展に入選してくれない。したがって絵は全然売れない。おれが何を売って生活しているかわかっているだろう。自転車に乗ってラッパを吹いて納豆売りをしているのだ。昨日も今日も売れ残った納豆を食べて生き延びているのだ。居候させてもらっている松木満史は、君は画家なんだから納豆売りなんかやめろと言う。あいつは家が金持ちで食うに困ることを知らないからそんなことを言えるのだ。納豆売りばかりじゃない。靴の修理の注文取りもやっている。一軒一軒、家を訪ね歩いて、靴の修理は必要ないか聞いて回るのだ。看板絵も描いている。滋強飲料とか麦酒《ビール》とか石鹸とかの絵だ。そんなことをしてどうにか暮らしているのに、お前と赤ん坊が来たらますます苦しくなる。お前はおれの苦しみをわかっていない。東京で暮らすことがどれほど大変か、画家として一本立ちすることがどんなに難しいかわかっちゃいない。だから同じことを手紙に書くのはやめてくれ。一緒に暮らしたいと書かないでくれ。それはおれを苦しめるだけだ。夫婦の契《ちぎ》りを交わしたときに、しばらくは我慢してくれと言ったじゃないか。我慢しますとお前も答えていたじゃないか。ただその通りになっているだけだ。これ以上おれを苦しめないでくれ。云々《うんぬん》かんぬん。

赤子を抱えたままで手紙を読み返したチヤは、それを破り捨てたい衝動に駆られた。が、両手がふさがっていてできなかった。

もう、ため息しか出ない。

善知鳥神社でふたりきりで夫婦の誓いをしたときに、たしかに棟方は言っていた。自分はいま、画家修業中の身である。自分が食べていくのがやっとで、下宿代も払えない状態だから、同郷の画家仲間、松木満史のところに居候している。お前を呼び寄せて東京で所帯を持つことはすぐにはできないが、絵が売れるようになったら、家を借りて一緒に住もう。それまでしばらく我慢してくれ。いつかきっと、迎えにくるから。

その言葉を信じて待った。いままでずっと待ち続けた。その間、子供も生まれた。棟方は赤ん坊に会いに飛んで帰ってきてくれた。早く親子三人で一緒に暮らせるように、ワ、頑張るがら！　と言ってもいた。――が。

子供とふたりきり、いつ訪れるともわからないそのときを、これからもただただ、実家《ここ》で待ち続けなければならないのだろうか？

――だまされだんだがなあ……イトちゃが言ってでだみでに。

うんにゃ、そったごどは、ね。絶対に、ね。

スコさは、ゴッホになるんだもの。世界一の絵描きになるんだもの。

再びすやすやと寝息を立て始めたけようを布団に寝かせ、チヤは箪笥の引き出しにしまっていた雑誌「白樺」を取り出して広げた。

目の覚めるような青を背景に咲き乱れるひまわりの花。くじけそうになれば、この絵のページを開いて飽きることなく眺め続けた。

そのうちに、なんとなく、絵の内側から声が聞こえてくるようになってきた。

――まだ来ないのかい？　待っているよ。

そんなふうに聞こえてならない。絵が話しかけてくるはずがないのだが、その声を頼りにするしかないくらい、どうしようもないのがいまのチヤだった。


遠く八甲田山の山肌が紅葉の錦で覆われ始めた頃、待ちに待った吉報がチヤのもとに届けられた。

棟方の作品が、三年ぶりに帝展に入選したのである。

チヤは躍り上がった。帝展というのがどういうものなのか、いまだによくわかってはいなかったのだが、とにかくそれに入ると入らないとでは雲泥の差があるということだけはよくわかっていた。チヤの中では「帝展に入選する、つまり絵が売れる、つまり一緒に暮らせるようになる」ということになっていたので、さあ大変、である。

チヤはさっそく夫に手紙をしたためた。――おめでとうございます。ようやくこの日を迎え、私も安堵いたしました。つきましてはいつそちらへ呼んでくださいますか？

ところが、待てども待てどもなかなか返事がこない。あれほど毎日しつこく手紙をよこしていたのに、どういうわけだかぴたりと止まってしまった。喜びに沸いたチヤの心は、今度は暗雲で覆われてしまった。

――どすたんだ？　何があったんだが？　もすかしで、入選づのは間違いだったんでねが？　間違いだづのを、ワに言えねぐで、どうすようもねぐなってるんでねが？

母の胸のうちの嵐に勘づいたかのように、けようがやたらぐずった。夜泣きが治まらず、チヤはおろおろするばかりだった。夜通し赤ん坊をあやしながら、こっちのほうが泣きたくなった。

――スコさ。ワっきゃもう、我慢がならね。会いで。会いでじゃあ。スコさあ！

チヤの心の叫びが伝わったのだろうか。それからまもなくして、棟方からチヤ宛に小包が届いた。

手紙ではなく小包が送られてくるとは、ついぞなかったことだ。チヤは再び胸を躍らせた。

小包の中身は、おくるみとか赤ん坊のおもちゃとか、けようのためのものに違いない。この子が生まれたとき、おくるみひとつ新しく買ってやれなくて、こんな「パパ」を許してけ、とけように頬ずりして涙ぐんでいたから。きっと絵が売れて、余裕ができたのだ。いよいよ一緒に暮らせるときがきたと、一筆添えられているかもしれない。だったら、すぐに行く。飛んでいく。この子をおぶって、夜汽車に乗って、明日にでも。

糸切りばさみで紐を切り、包みを解いた。何重にも重ねられた包装の中から現れたのは――色とりどりの絵。木版画だった。

全部で十枚の版画集。西洋風の女性たち、遠い異国の姫君たち。貴女《きじょ》たちは提灯《ちょうちん》のように膨らんだスカートを身につけ、長い裳裾《もすそ》を従者の少年に引かせている。また別の貴女たちは空を滑る箒星《ほうきぼし》に目を見張っている。遠きベツレヘムの空に聖なる星の輝きを眺め、レースに縁取られたドレスで着飾って蝶々の群れを惑わす。目の覚めるような赤、澄み渡った青、染み入る黄、味わいの翠、可憐な緋。凜として明るく華やかな彩り。線描の力強さ、すなおさ、健やかさ。

油絵を描きながら最近は木版画を作っていると聞いてはいた。が、チヤは自分がいま見ているのが版画だとすぐには信じられなかった。目が覚めるような出来栄えだった。

文字も描いてある。〈花か蝶々か　蝶々か花か　来てはちらちら　迷よわせる〉〈裳《もすそ》は霞に無之候〉〈一とすじみちを行く人　先を行く人　じゃまです〉――この整った文字も彫って、摺ってあるのだろうか。

表紙がつけられていた。〈星座の花嫁　版画集〉。版画集の刊行にあたって棟方が描いた文章――。

〈――版画は見せ、聞かせ、味わわせ、潜みを物語る物語り、それまで摺られていなければならないと思っている。全版画が、紙と摺られた線、調子に依る道連れに、仲善い力で生き、静かな息付きまで知らせなければ、断言できる善い版画とはいえない気がする。いま自分が版画を創るとき、それを目標としております〉

チヤは、息をのんで版画集を胸に抱いた。

――花束だ。

そう思った。棟方から自分と娘に贈られた、これは花束なのだと。

田んぼの中の一本道を、チヤがとぼとぼと歩いていく。

折悪《あ》しく、小雨が降り出した。チヤは旅行鞄を足下に置き、肩から斜めがけにした布袋から大判の風呂敷を取り出して、背中で眠っているけようと自分の頭にすっぽりと被せた。一歳児をおぶって、重い荷物を提げ、上野駅から市電を乗り継ぎ、どうにかここまでやって来たが、雨にまで降られてしまって、ほとほと疲れ果て、くじけてしまいそうだった。

棟方が暮らす野方という町に来ていた。しかし、夫の居候先、松木満史の家をみつけ出すのは至難の業だった。

チヤにとって、これが初めての上京である。青森から眺める東京は、ほとんど外国と言ってよかった。汽車に揺られて一昼夜かかる。切符だって気軽に買える値段ではない。よほどの理由がない限り出かけられない。結婚後、年に一度、春にならないと帰ってこられない夫の切実さを、チヤはようやく身をもって知った。

チヤがついに上京に踏み切ったのは、棟方に呼ばれたからではなかった。けようが一歳になり、実家で面倒をみてもらい続けるのはもう限界だと感じたからだった。父も母も何も言わずに「嫁いだのになぜか出戻り」の娘と孫を置いてくれている。が、このまま居座ればふたり分の食べ口が余計である。老いた父母にこれ以上負担をかけるのはどうにも辛すぎた。

春に棟方が帰ってきたとき、チヤは、もうこれが最後のつもりで頼み込んだ。どうか私たちを呼び寄せてください、一緒に暮らすことができればどんな苦労も我慢するから、と。しかし、やはり棟方は首を縦に振ってはくれなかった。棟方の言い訳はこうだ。

帝展に入選したからといって、すぐに絵が売れるわけじゃない。いまの自分は版画の面白さがわかってきたところだが、まだまだ五里霧中、暗中模索である。去年は版画集を出したが、売れ残ってしまった。挿絵を描くなどして、わずかばかりの収入を得ているにすぎない。とてもじゃないが妻子を呼び寄せる余裕はない。しかしお前たちのことを忘れたことはない。自分の道を定めて、いつかきっと呼び寄せるから、それまでどうか辛抱して待っていてほしい。

チヤは猛然と反論した。いつかきっととあなたはいつも言うが、そのいつかはいつなのか教えてほしい。けようだってこれからもっと食べるようになる。このまま実家で世話になり続けるのは肩身が狭い。私が仕事をしてでもあなたを支えるから、とにかく呼んでほしい。頼むから。

——という激しい口論を津軽弁で繰り広げた。結果、棟方が譲歩して、じゃあとにかく家を探してみるからと約束して帰京した。

ところがまた棟方の手紙の内容は消極的になった。東京は何でも高いが、特に家賃は半端なく高い。親子三人で住むとなると、少なくとも二部屋は必要になる。そんな贅沢はいまの自分には無理だ。無理だ、無理だ、無理むり。金がないんだから。無い無い無いない。

便箋何枚にもわたって綴られた手紙の最後の一枚に、デカデカと一文字、「無」と書き殴られていた。

無——。

ついにチヤの堪忍袋の緒が切れた。

もうチヤは返事を書かなかった。その代わり、旅支度を始めた。

こうなったら押しかけるしかない。なんと言われようと行ってやる。——東京へ。

チヤは火の玉になった。まあ落ち着けと両親にいなされたが、聞く耳を持たなかった。けようをおぶい、ずいぶんまえに古道具屋でみつけて買っておいた旅行鞄を提げて、まる一昼夜汽車に揺られ、帝都・東京へやって来た。

見渡す限りの人、人、人。道ゆく人を片っ端からとっ捕まえて、あのう、野方の沼袋づごさ行ぎでんだけんど、どうすたら行げますがね？　と聞きまくった。都会人の中には悪人もいるだろうからくれぐれも気をつけよと、駅まで送ってくれた父が何度も何度も言っていたが、それどころではなかった。とにかく、暗くなるまえにたどり着かなければ。よほど必死の形相だったのか、道を訊かれた人は皆親切に教えてくれた。

そんなこんなで、ようよう野方までやって来たのだが、一帯は田園風景が広がっていて、青森とさして変わらず、弘前よりもずっと田舎だった。どんな華やかな都会に暮らしていることだろうと、夫を恨めしく思ったりしたこともあったので、拍子抜けしてしまった。

小糠雨《こぬかあめ》が降り始めて、カエルの合唱がいっせいに始まった。一瞬、青森に逆戻りしたかのような錯覚に陥った。このさきようやく到着したところが実家だったらどうしよう……と、チヤはなんだか怖くなってきた。

「かぁか、かぁか。あんよ」

背中のけようが足をバタバタさせ始めた。チヤは立ち止まって、肩越しに話しかけた。

「きょう子、まだパパのおうち、みつかんねんだよ。もうちょっとがまんすでな、いい子だがら。な?」

「やーや、やーや。あんよ、あんよ」

小さな足で背中を蹴る。チヤは仕方なくおんぶ紐を解いて、けようを下ろした。

雨がそぼ降る中、次第に辺りが暗くなってきた。ふたりは手をつないでとぼとぼと歩いていった。もう、どこを歩いているのか、どこに向かっているのかもわからなくなってきた。けようの小さな足がぬかるみでべちゃべちゃに汚れている。が、もうどうでもよかった。

ふと、ずっと遠くの畦道《あぜみち》が交差する十字路に自転車が停まった。

男がサドルに乗ったまま、じっとこちらを見ている。チヤはどきりとして歩みを止めた。宵闇が広がる中で、男の顔ははっきりと見えない。

男は自転車をおりると、それを畦道の真ん中で放り出すように倒した。そして、小走りにこちらへ向かってきた。チヤはぎょっとして、あわててけようを抱き上げた。

「――チヤ？　チヤ子でねが？」

呼びかけられて、はっとした。

肩で息をつき、丸眼鏡を曇らせて、母子の目の前に現れたのは棟方だった。

夫がかれこれ五年あまりも居候を決め込んでいる松木満史の家は、沼袋の集落の一角にあった。

松木との共同生活がどんなふうだか、チヤは詳しくは聞かされていなかったのだが、なんと松木には妻がいた。同郷の夫人と家庭を築くためにアトリエ兼住居の一軒家を新築してすぐ、棟方が転がり込んで居候を続けているというから、そうとうな図々しさである。さらにそこへまたひとり、棟方の妻子という招かれざる客が加わったわけだ。

居間を真ん中にして、松木夫妻が寝起きする部屋と、松木の画室とがある。いちばん奥まったひと部屋で棟方は寝起きし、絵もそこで描いていた。

家に着くとすぐ、棟方は水を張ったたらいを持ってきて、けようの泥だらけの足を洗ってくれた。

「こった泥だらけになって、かわえそうに……ほれ、きょう子、足コ出すてみれ。パパがきれいにすてやっがら」

たらいの中の小さな足を棟方がやさしくこする。けようの紅葉のような手が父の肩をしっかりつかんでいるのを見て、チヤは不覚にも涙ぐんでしまった。

「いやあ……だばってなあ。嫁コがいるどは聞いたばって、子供《わらす》がいるどは聞いてねがっだなあ」

ちゃぶ台を囲んで、松木と妻、量《りょう》の目の前に親子三人がちんまりと座っていた。棟方もチヤも神妙な顔つきである。けようだけが無邪気に干し芋をしゃぶっている。

チヤは畳に両手をついて、松木夫妻に向かって平伏した。

「ほんにすまね、突然来てまって……賄いでも掃除でも洗濯でも、なもかもすます。どうがワんどばこごさ置いでけ。この通り」

畳に額をこすりつけて頼んだ。と、棟方も同じように畳に手をつき、

「マツ、すまね。ワぁ甲斐性がねばしに、こったごどになってまって。けっぱって《頑張って》どうにが稼いで、できるだげ早ぐ家《え》借りるはんで、それまでの間、どうがワんどばこごさ置いでけ。頼みます、この通り……」

土下座をしようとして、勢い余って額を思いっきりちゃぶ台にぶつけた。

「あだッ！」

ひと声叫んで、棟方は後ろにすてんとひっくり返った。それを見たけようがキャッキャッと声を上げて笑った。量は両袖で顔を覆った。松木は噴き出しかけたのをどうにかほっぺたで止めたようだった。

「っだぐおメは。なんでいぢいぢそったらに面白《おもへ》んだよ！」

棟方は額をさすって泣き笑いの顔だ。チヤは呆気に取られてしまった。わざとぶつけたとしか思えなかったが、夫の捨て身の行為のおかげで空気が和んだ。

その夜、棟方の狭い部屋にふたつの布団を並べて敷いた。

横たわるふたりのあいだにはけようがいた。長旅で疲れ果てたのだろう、ピクリともせずに眠っている。

棟方は食らいつくようにしてけようの顔に自分の顔を近づけて眺めている。

「まつ毛が長《なげ》えなあ。はあ、可愛《めご》ぇ、小さぇ鼻の穴だなあ」

娘の寝顔に並んだ目、鼻、口、眉毛、ひとつひとつに感嘆している。チヤはようやく笑みをこぼした。

「ほんにすまねがっだす。急に押すかげでまって……」

すなおに謝ることができた。棟方は首を横に振った。

「よう来てけだ。この子ば連れで。大変だっだろ。今日はとにがぐ、よぐ休んでけ」

たくましい腕が伸びてきて、チヤとけよう、ふたりを包み込むようにして、そっと胸に抱き寄せた。

初めての東京、親子三人で眠る初めての夜。とくん、とくん、夫の胸の鼓動が伝わってくる。

チヤは幸せだった。

もう、離ればなれで暮らさなくてもいいのだ。

これから先、どんなに辛くても、苦しくても、きっと乗り越えていける。この人となら。

ついていこう。そして、支えよう。

何があろうとも。

どんなに遠い旅路でも、ふたり、一緒に歩いていこう。

一九三二年（昭和七年）　九月　東京　中野
——一九三三年（昭和八年）　十二月　青森

6

チヤがマッチ箱に燐票《ラベル》を貼っている。

ちゃぶ台の上には経木と呼ばれる薄い松材で作られた小さな箱が山積みになっている。欠けた平皿には糊が入れられ、小刷毛《こばけ》が忙しく皿とラベルの裏を行き来する。小箱の角にラベルの角を合わせ、ぴったり貼り付ける。出来上がったマッチ箱をかたわらの運搬用の木箱にどんどん詰めていく。

色とりどりのラベルはすべて木版画だ。〈カフェー児玉〉〈洋食井ノ上〉〈あけぼの酒場〉〈火の用心〉、何十種類もある。すべて棟方の手作りである。

玄関の上がりがまちに腰掛けて煙管《キセル》をふかしていた運搬人のおやじが、しびれを切らしたのか、居間でせっせと手を動かすチヤの後ろ姿に向かって声をかけてきた。

「おい。まだかい」

「すまねです、もう少すで出来上がるはんで……」

振り向かずに答えると、舌打ちする音が聞こえた。

「もう半刻も待たされてんだ。こちとらひまじゃあねえんだぞ」

奥のふすまが開いて、棟方が現れた。摺り上がったばかりのラベルを板に載せ、それをちゃぶ台の上に置いてから、どたどたと玄関まで来ると、

「すまねです。あど五百個、大急ぎで作るはんで、もうちょごっと待ってください。この通り」

上がりがまちに両手をついて、思いっきり頭を下げた。ゴッと鈍い音がして、

「あだッ！」

後ろへひっくり返った。運搬人はにこりともせず、「またそれかよ」とため息をついた。

結局、運搬人を一時間以上待たせて、木箱三個分のラベル付きマッチを出荷した。

「かぁか。まんま、まんま」

けようがチヤにまとわりついて、しきりに乳を欲しがる。マッチ作りの内職が終わっても、チヤにはひと息つく間もなかった。

棟方は五百枚のラベルを作り上げたあと、またすぐに自室にこもってしまった。ぴしゃりと閉め切られたふすまにチヤはうつろな視線を投げた。

子連れでこの家に押しかけてから三ヶ月近くが経つ。松木夫妻の厚意で同居させてもらってはいるが、棟方が創作しているあいだはこうしてけようとともに追い出されている。棟方

は、内職のラベル作りも含め、早朝から日が落ちるまで、ほぼぶっ通しで創作しているから、チヤとけようの日中の居場所は台所か居間だった。

親子で厄介になっている代わりにと、それまで松木夫人の量が担ってきた家事のいっさいをチヤが引き受けていた。量は、チヤさがいでぐれで助かるわ、おがげで主人も絵に集中できるはんで、と言ってくれるのだが、肩身が狭い思いは微塵も変わらない。

チヤはときどき掃除のついでに松木の画室に入ることがあった。当然ながら棟方の部屋よりもずっと広く、しかもきちんと片付いている。画架《イーゼル》に置かれた松木の絵には、奥入瀬《おいらせ》の流れ清水やみずみずしい森が描かれ、いかにもこの部屋の主らしく整っていて見惚れてしまう。十代のころから棟方とともに絵の修業を重ねてきたということだったが、ふたりの絵はまったく別物だった。

棟方の部屋、つまり親子三人が寝起きする部屋は、足の踏み場もないほどいろいろなものであふれていた。絵の具や墨などの画材、仕事道具はもちろんのこと、カンヴァス、紙、版木、本や雑誌、古新聞、シャツやズボン、そこにチヤとけようの着物や日用品が加わって、収拾のつかないよろず屋の店先のようになっている。
が、染みだらけの壁にぽつんと黄色い光が灯ったように見える一隅があった。そこにはあの〈ひまわり〉が――「白樺」に載っていたゴッホの絵の複製画のページが切り取られて貼り付けられている。その真下に、棟方が描いた油絵のカンヴァスがきちんと重ねられて立て掛けてある。まるで神仏に捧げる供物のようだ。

棟方の油絵を見たチヤの印象は、なんだかよくわからない、というのが正直なところだった。山のような森のような海のようなもの、これが何かと問われても、チヤには答えられる自信がない。美しいかと問われたら、これまた自信を持ってうなずけない。しかし、いままでに二度、帝展に入選したわけで、この絵を認める人もいるということなのだ。買ってくれる人はほとんどいなかったが、皆無ではない。離ればなれだった日々、寂しさを紛らわそうと繰り返し目を通した雑誌「白樺」の中で、あの偉い人、柳ソウエツ先生が語っていたではないか。芸術家にとって、……芸術とは、……新しい宗教である、とかなんとか。そう思えば、わかるとかわからないとかを超えて、ありがたい絵のような気がしないでもない。

実は棟方が目下夢中になっているのは油絵ではなく、木版画だった。

画家修業のために東京へ出てきたあと、川上澄生《かわかみすみお》という版画家の木版画を見る機会があった。その明瞭で詩情あふれる作風にすっかり心を奪われた棟方は、自分でもやってみたくなり、自己流で始めてみたところ、これが面白いように作れた……ということだった。

いったいどうやって作っているのか、創作中は部屋への出入りを遠慮しているので、チヤには詳しくはわからなかったが、掃除に入るたびに畳の上にこんもりと木屑の小山が新たにできているのをみつける。ものすごい速度で彫り、摺り上げているのだ。

摺り上がった版画を目にするたびに、それが展覧会に出品するものであれ、マッチのラベルであれ、雑誌の挿絵であれ、きれいだな、とチヤは思うのだった。とても小さな絵——絵と呼んでいいかどうかもわからないが、それでも、これこそ棟方が極めるべき「絵」なのではないかと、チヤは漠然と感じていた。

しかし棟方は油絵をあきらめたわけではなかった。彼には帝展入選という大命題がある。今年も出品の時期が近づいていた。

マッチのラベルを五百枚……のあとに、帝展に出品するための油絵制作。地と天のあいだを棟方は駆けずり回っているのだ。

着物の前をはだけてけように乳を飲ませていたところ、松木が画室から出てきた。チヤはけようを抱いたまま立ち上がり、居候部屋のふすまをそろりと開けて内側へ滑り込んだ。

中では棟方が手製のイーゼルにカンヴァスを立てて創作中である。チヤは立ったままで、夫の背中に向かって詫びた。

「堪忍《かに》な。すばらぐ、ここさいさせでもらってもいが？」

筆を動かしながら、背中のままで棟方が答えた。

「なすて謝るんだが？　ここはおメの部屋でねが」

チヤは、その場にすとんと座り込んだ。

目の前に小さなちゃぶ台があり、さっきまで作っていたマッチのラベルの版木が積み上げられている。彫刻刀、紙、ばれん、絵の具、水差し、小皿。ちゃぶ台の周りには新聞紙が敷き詰められて、木屑が散乱している。天井を見上げると、長押《なげし》の四隅に紐が渡されて、そこに摺り上がった色とりどりの版画が並べて干してある。さながら万国旗のようだ。その下で、カンヴァスに顔をくっつけるようにして前屈みになり、黙々と絵筆を動かす夫の後ろ姿。かたわらの壁の〈ひまわり〉が、そのすべてを見守っている。

みつめるうちに、どうして自分はここにいるのだろうと、絶望に似た思いがチヤの胸にどんよりと広がった。

住む家もなく、食べるにも事欠き、幼な子を抱えて、なす術《すべ》もなくしゃがみ込んでいる自分。

いつかゴッホになると誓った夫は、マッチのラベルをちまちまと作っている。ひとつ作ってたかだか一銭、そのために大事な時間を削っている。とにかく日銭を得るために、自分と子供のために。

――いったい、私はなんのためにここにいるんだろう？

翌月。

第十三回帝展の入選者が発表された。そこに棟方志功の名前はなかった。

夜半近く、雨が降り始めた。

軒先を叩く雨音を耳にしながら、チヤが居間でひとり、墨を磨っている。

けようを寝かしつけ、棟方が床に就いてから、部屋を抜け出し、ずっと磨り続けている。

一升瓶五本分磨ったが、まだ足りない。せめてあと五本分は磨っておかなければ。

朝がくれば、チヤはけようとともにこの家を出る。青森へ帰るのだ。

それまでに、版画に使う墨をできるだけたくさん磨って、置いていきたかった。

ふたりめの子供を宿したチヤは、臨月を迎えるまえに実家へ帰ることにした。ちょうど一年まえ、もう戻らないつもりで家を出たが、さすがに居候先で子供を産むわけにはいかない。さりとていま実家に戻ったら、また東京で棟方と一緒に暮らせるかどうかはわからない。今度は子供がふたりになるのだ。松木の家で親子四人が厄介になるなど、どう考えても無理な話だ。

もう、帰って来られないかもしれない。

不安しかなかった。それでも子供を産む以上は、来た道を戻らざるを得なかった。

松木夫妻の部屋のふすまが開いて、松木が出てきた。懸命に墨を磨り続けるチヤのかたわらに腰を下ろすと、

「明日帰《け》るづのに、けっぱるなあ。もう、そんぐれでいいんでねが？」

小声で話しかけた。手を止めずに、チヤも小声で答えた。

「ワぁにでぎるごどはこぃぐらいすかねはんで……もう少すやっておぎます」

松木は神妙な顔つきになったが、ややあって、声をひそめて言った。

「なあ、チヤさ。ワっきゃ、スコは油絵でねぐで版画一本でいったほうがいど思ってら。実は、本人もそったほうがいど思ってらんだ。すたばって、できねんだ。なすてが、わがるが？」

チヤは手を止めて顔を上げた。松木はチヤの目を見ずに続けた。

「油絵は一枚売れぃば五十円くれにはなる。帝展入選の肩書ぎが付げば二百円、三百円になるごどだってある。すたばって、版画はどうだ？　マッチの燐票は一枚一銭、本の挿絵は一枚一円。なんぼ本人が芸術作品だで言っだって、世間がそうは見でぐれねじゃ。何枚でも摺れる、チラシみでなもんだべな？　づで。価値認めでもらえねじゃ。だはんで、版画一本さ絞りぎれねじゃよ」

たしかにその通りだった。

この一年間、棟方の創作意欲は旺盛だった。帝展にはまた落選してしまったが、むしろ躍起になって油絵をどんどん描いた。一方で、民間の芸術団体・国画会や日本版画協会に新作版画を多数出品してもいた。そして版画を活用した内職にも精を出していた。止まることを知らないコマのように、棟方はひたすら回り続けた。

ほんとうは版画一本でやっていきたいと、棟方の意思をチヤがはっきり知ったのは、ある冬の晩のことだった。

棟方の部屋でけようを寝かしつけていると、居間にいる棟方と松木が絵画論を闘わせているのがふすま越しに聞こえてきた。本気で職業画家を目指すなら版画はもうやめて油絵に注力しろ、さもなければこの先帝展入選は難しいぞと松木が諭して言うのに、棟方は猛然と反発した。

――版画は芸術でねっづのが？　木版画だば、日本で生まぃだ純粋な日本の芸術だ。油絵は西洋の真似コにすぎね。ワっきゃ、純粋な日本の、日本で生まぃぎる芸術さ極めで。芸術革命を起ごしで。そいは……そいは版画なんだ！

版画こそが自分にとって革命の引き金になる。それを証明するために、棟方はゴッホを引き合いに出した。

いかにしてゴッホがあんなにも情熱的で革新的な絵画を創作するようになったか。――浮世絵があったからだ。日本の木版画・浮世絵が、オランダの田舎町に生まれた名もなき一青年を「画家ゴッホ」へと生まれ変わらせたのだ。

ゴッホは画家修業のためにパリに出てきて浮世絵と出会った。パリで開催された万国博覧会に参加した日本が世界に向けて披露したのが、日本の美術・工芸品だった。やまと絵とともに紹介された浮世絵は、どちらかというとチラシのような扱いで、簡易な宣伝物としてフランス人の目に触れたのだが、その特異性にいち早く気付いたのがパリで活動する前衛芸術家たちだった。その中にゴッホがいた。

北斎、広重、歌麿、英泉。清澄な色、くっきりした線描、大胆な構図。ゴッホは夢中になった。昼夜を分かたず浮世絵を研究して、彼の絵はそれまでとまったく違う、完全に新しいものとして生まれ変わった。日本に憧れるあまり、自分はいっそ日本人になりたいと願ったそうだ。

ゴッホに憧れて、ゴッホになりたいと願っている自分は、ゴッホが憧れて、ゴッホがなりたいと願った日本人だ。そしていま、ゴッホが勉強して勉強して勉強しきった木版画の道へ進もうと、その入り口に立っている。

この道こそが、自分が進むべき道だ。ゴッホのあとを追いかけるのではなく、ゴッホが進もうとしたその先へ行くのだ。――ゴッホを超えて。

棟方の声は熱を帯びて震えていた。その瞬間だけは、妻子も貧しさもどうなるかわからない明日も忘れて、ただ求道のために彼は泣いていた。

松木は何も言い返さなかった。ただ黙って棟方の心の叫びを受け止めているに違いなかった。彼こそは誰よりも友の行く末を案じ、友の成功を願っている人だった。

裸電球ひとつが点《とも》った薄暗い部屋の中で、幼な子に添い寝しながら、チヤは壁の〈ひまわり〉をみつめていた。

どんなに暗い部屋の中にあっても輝きを失わないその絵。いつもそこにあって自分たち家族を見守っている、生きる力に満ちて咲き誇る花。チヤの枕はいつしか濡れていた。

そんなことがあったから、松木が棟方を深く思いやってくれていると、チヤはよくわかっていた。

チヤは墨を硯にそっと寝かせて、松木に言った。

「版画ではなががなが食っていげねごどはよぐわがってら。したばって、ワっきゃ、あの人《ふと》に版画の一本道、まっすぐに行ってもらいでと思ってら。マツさ、まだもうすばらぐあの人がお世話になりますが、どうがあの人が版画さ専念でぎるように力貸すてけ。お願いすます」

畳に両手をついて頭を下げた。松木はうつむいたまま黙っていたが、

「結局、あいつには版画すかねじゃよ。……もう、目《まなぐ》が……」

ぽつりと言った。チヤは、はっと顔を上げた。

「目が、あんまり見えでねど思う。油絵描ぐのは難すいじゃ。したばって……」

チヤは膝の上の両手を握り締めた。松木は静かな声で続けた。

「したばって、版画だば、できる。版画には凹凸がある。版画だば、触って確かめられる。あいづの手が、目になるんだよ。だはんで、あいづには……版画すかねじゃよ」

手が、目になる。

チヤの胸に熱いものが込み上げてきた。その瞬間、合図でもするように、お腹の子がぽんと元気よく母の臍《へそ》を蹴った。

上野の駅舎の上には梅雨の晴れ間の青空が広がっている。

北国行きの機関車が停車中のホームは、これから出発する人と見送りの人でごった返していた。

その中に、棟方に見送られてチヤとけようがいた。けようは父と離れるのがいやで、ずっとぐずっている。棟方は何度も娘を抱き上げては頬ずりしたり頭を撫でたりして、一生懸命あやしていた。

出発の時間となった。チヤはけようの手をしっかりと握って、棟方の目を見て言った。

「そいだば、行ってぎます」

棟方はうなずいた。

「元気な子ば産んでけ。こぃがらもマッチいっぱい作って、できるだげ金送るはんで」

チヤの目つきが変わった。キッとにらんで、きっぱり言い返した。

「うんにゃ。仕送りは要らね。おメさはもう、マッチやら作ってはまいね。ゴッホがマッチやら作ったんだが？」

棟方は目を瞬かせた。ぐうの音も出ないようだ。おかまいなしにチヤは続けた。

「ワんどのごどは心配すねんで。おメさは自分の仕事さ専念すてけ。おメさが、一生がげで、これだけはやっていぎでという、大事な仕事ば。……そえは、いったい何だが？　おメさは、自分で知ってるはずだべ」

棟方は、ただじっとチヤの顔をみつめている。丸眼鏡の奥の瞳にじんわりと涙が浮かんだ。

チヤはけようの手を引いて汽車に乗った。窓を開けると、押し寄せる人波のいちばん後ろに棟方がぽつねんと立っているのが見えた。

汽笛が鳴り響き、車体が大きく揺れて、汽車が動き出した。棟方の姿がだんだん遠ざかる。

やがて小さな黒い点になって、流れゆく風景の中に消え去った。


秋がきて、男の子が生まれた。棟方が「巴里爾」と名づけた。

冬がきて、年末になった。

チヤは再び、火の玉になった。

巴里爾をおぶい、けようの手を引いて、今度は工業用ミシンを引っ提げて、雪が降りしきる中、青森駅へ向かった。

夫に手紙を書いた。――ミシンを買いました。普通のミシンとは全然違う、工業用です。びっくりするほど速くきれいに縫えます。これさえあれば、どうにかなる。私が稼ぎます。あなたには、自分の仕事に専念していただきます。

だから、お願いです。家族四人で暮らせる家を借りてください。

私が、あなたと家族を支えるから。

「おかあさん。ここ、ここ」

汽車に乗るとすぐ、けようが車内を走っていって、空いている席に陣取った。おんぶ紐を解いて、チヤは巴里爾を胸に抱いた。けようがほっぺたをくすぐると、小さな弟は声を上げて笑った。

「ぱりちゃん。パパさ会えるよ。パパさ、絵描きさんだよ」

弟の耳もとでけようがささやいた。チヤはほっくり微笑んだ。

きっと、どうにかなる。いいや、きっとどうにかしてみせる。

家族四人、一緒に暮らせるなら、どんなことでもする。

スコさ、待っててけ。――もうすぐ、帰るじゃ。

一九三四年（昭和九年）三月　東京　中野

7

チヤが畑の畦道で野草を摘んでいる。

ヨモギ、オオバコ、タンポポ、フキ。かごの中には湿ったふきんが入れてあり、摘み取った野草はそれで包んでおく。そうすれば二、三日はくたびれない。

ヒバリが空高く舞い上がって、ピーチクピーチクピピピ、ピピピと高らかに声を響かせている。

背中では巴里爾が気持ちよさそうな寝息を立てて眠っている。忙しなく草摘みをしながらも、とろんと眠気が降りてくる。

「おかあさん。見て、いっぱいよぉ」

母の見よう見まねで菜摘みをしていたけようが、両手いっぱいのツクシを持って走ってきた。

「おお、ほんどだね。いっぱい摘んだね。いがっだね」

母に褒められて、けようはうれしそうだ。

春の野辺《のべ》、親子で菜摘み。人が聞けば、なんとのどかな、と思われるかもしれない。実際にはのどかさとは真逆の事情でこうしているのだが。

ヨモギは刻んでおからに混ぜ、平べったくして草餅ふうにする。ツクシはしょうゆで佃煮に。オオバコとタンポポはおひたしに。フキは煮付けに。

一家四人が揃って迎える初めての春。棟方家の食卓は連日緑色に染まっていた。十分な米を買う余裕がなく、そのへんで手に入る野草が三日に二日は米の代わりに食卓に上るのだ。

前年の暮、チヤは雪が降り積もる故郷をあとにして再び上京した。背中には生後二ヶ月の巴里爾、左手でけようと手をつなぎ、右手に工業用ミシンを提げて。今度こそ居候はやめて一家四人で暮らしたい、いや、そうしなければだめだ、必ずそうするんだと、決意の出陣であった。

岩より固い妻の決心を覆すことはもはや不可能であると、さすがの棟方も悟った。大急ぎで家を探し、居候先の松木宅の近隣に安い長屋をみつけることができた。目も当てられないほどの荒屋だったが、チヤは喜んだ。掃除のしがいがある、すみずみまできれいにしてみせるから！　と張り切って片付けをした。

誰に気兼ねをすることもなく、晴れて親子四人で暮らせる。結婚以来ずっと望んでいた夢がようやくかなったのだ。

これから末永く一緒に暮らすにあたって、棟方とチヤは約束事をした。これだけは守ってほしいと望むことをお互いに言っておきましょうと、チヤが提案したのだ。だから、チヤが先に言い渡した。

――これが自分の仕事だと言い切れること以外は、いっさいしないでほしい。

棟方は黙ってそれを受け止めて、うなずいてくれた。

一方、棟方からチヤへの要望は、意外なことだった。

――家族の世話をみる以外の仕事は、いっさいしないでほしい。

これにチヤは反発した。自分が家計を支えるつもりで、実家の父に頼み込んで工業用ミシンを買って、ここまでわざわざ持ってきたのだ。これさえあればどうにかなるはずだ。チヤにとって、ミシンは東京で家族四人が食べていくための切り札だった。それを使うなと言われても困る。

しかし棟方はどうしても首を縦に振らなかった。彼の言い分はこうだ。

――ただでさえ手がかかる幼な子ふたりを抱えているのに、女房に稼がせるのは家長たる自分の恥である。稼ぎはおれが何とかする。お前がおれに絵の仕事以外をしてほしくないというなら、絵の仕事でどうにか稼いでみせる。どんなに苦しくても自分は我慢する。我慢して自分の仕事に専念する。だからお前も家族のことだけに専念してほしい。

つまり、それぞれに自分のやるべきことに専念しよう、ということだった。くやしい気持ちもあったが、チヤは棟方の要望を受け入れた。ミシンで稼ぐと自分が言い張れば、じゃあおれはマッチのラベル作りを続けると言われるだろう。そうなったら、きっと棟方はこの先もずっとちまちました仕事から抜け出せずに終わってしまう。

こうして棟方とチヤは、ともに試練を乗り越えていこうと決めたのだった。

緑色の食卓は試練の一環である。何が食卓に上っても、棟方はいやな顔はいっさいせず、文句ひとつ言わず、喜んで食べた。

が、子供はそうはいかない。けようは食卓を見回して、「ご飯《まま》食べたい」と言う。棟方はオオバコのおひたしを箸でつまんで娘の目の前に差し出して見せ、

「ままだよ、きょう子、ままだ。美味《ンめ》ぞ、パパ、こぃ大好ぎだぞ！　ほら！」

パクリと食べて、「ああ、ンめなぁ！」と、いかにもおいしそうな顔を作る。けようはまったく言うことをきかない。

「やだ。そぃ、ままじゃないもん。きょう子、白いままがいい。まま、まま、まま」

チヤは我が子に詫びた。

「すまねな、きょう子。こぃしかねんだよ。いやだったら残すてもいいよ」

消え入りそうな母の様子をじっとみつめてから、けようは箸を握っておひたしを食べ始めた。目には涙がいっぱい浮かんでいる。

娘の前で棟方が茶番劇をするのも、娘が泣きながら野草を食べるのも、どちらもチヤには

辛かった。

こんな暮らしが、いつまで続くのか。

あれほどまでに固い決心をしてここまで来たのに。

あれほどまでに夫婦でお互いを思いやり、自分のやるべきことに専念しようと誓い合ったのに。

風の中のロウソクの灯にも似て、すべてがいまにも吹き消されてしまいそうだった。


ある日の午後、いつものように母子三人で野辺の草摘みから帰宅すると、松木満史が来ていた。

松木は玄関を上がってすぐの三畳間にあぐらをかいて、その奥にある居間兼仕事場で棟方が版木を彫り込んでいる後ろ姿を黙って見ていた。和紙でこよりのように作ったねじり鉢巻を額に巻き、ちゃぶ台の上に置いた版木に覆いかぶさるようにして、棟方は無我夢中で彫っている。松木がそこに来ていることにも気づいていないようだ。

「あんれ、マツさ。よぐ来ただじゃ」

チヤが声をかけると、松木は（しっ）と口の前に人差し指を立てた。棟方が振り向いた。

「おろぉ、マツでねが。おメ、いづ来だんだ？」

立ち上がって友のところまで来ると、思い切り抱きついた。松木は苦笑した。

「半刻まえがらこごさ座って見であったよ。おメはあいかわらず、仕事やり出したら周りが何にも見えねぐなるなあ」

棟方が版画の世界に踏み入って六年あまり。その作風と創作のスタイルは、彼を知る芸術家たちのあいだで評判になっていた。

強く鮮やかな色面で構成される木版画は、絵の具を塗り重ねて陰影や奥行きを作り立体感を出す油絵の手法とは、技法も表現方法もまったく異なっていた。棟方が木版画に強く惹かれた理由のひとつは、弱視の彼の目に木版画の単調な鮮やかさがくっきりと美しく映ったからだった。それは幼い頃「目に飛び込んでくるみでだ」と夢中になったねぶたや津軽凧を思い出させた。

木版画は油絵制作とくらべてより身体的な動きを必要とする。油絵は筆触、つまり筆先の動きが重要だが、木版画は彫刻刀で彫り込むので、腕、肩、指、上肢の動きが必要になる。目視よりも手先、技術力よりも集中力に出来栄えが左右される。

かつて浮世絵は絵師・彫師・摺り師の共同作業で作られていたが、棟方はこの三つの作業のすべてをひとりで担った。構想を練り、下絵を薄紙に描き、それを裏返して版木に貼り、彫る。多色摺りの浮世絵の場合は、描線と色面を分けて彩色して摺るので、同じ版下を複数枚作るのが通例だった。つまり多色摺りには版木と絵の具が余計に必要になる。棟方には多色摺りの木版画を創る経済的余裕がなかった。挿絵の注文で作るものは別にして、彼が白黒の木版画に絞って制作したのには、そうした理由もあった。

しかし一方で棟方は、西洋では「色」と見られていない「黒」と「白」の魅力に気づいてもいた。日本には古来水墨画が存在している。また、やまと絵の基本は墨で描き出す描線である。日本人画家にとって黒と白は基本の色であり、れっきとした色彩だ。黒と白は棟方にとって赤と青であり、金と銀だった。どんな色にも変幻する、それこそが日本の色、黒と白なのだ。

何よりも棟方が夢中になったのは、版画がもつ広がりだった。わずか三〇センチ四方の板に描く世界。それなのに無限な広がりがある。この世界のすべてを板上に表現できる気がした。

いまや棟方は版画という名の小宇宙を統べる者となった。いや、版画こそが棟方を統治している王になったのだ。

こうして、棟方の行くべき道はようやく定まった。

いばらの道であることはもとより承知だ。油絵より格下に見られることもわかっている。それでも棟方はこの道を選んだ。食べるに困ろうと、妻子を苦しめようと、この道を極め、貫くと決めた。

そうと決めてからの棟方はすごかった。寝食を忘れて、全身で版木にぶつかっていった。

地を這う体勢で版木に覆いかぶさり、板に顔を接近させて舐めるように彫る。手で板を押さえ込み、回転させて、彫る。呼吸をつなぎ、汗を垂らし、力を、命の全てを板上に放出して、彫る。彫る。彫る。版面にたっぷりと墨を塗り、紙を載せて、一気呵成に摺る。全身を波打たせ、呼吸を止めて摺る。摺る。摺る。

何人たりとも寄せつけぬ美の山峰を棟方は独りで登っていった。狭く険しい山道である。それでも彼は遠い頂を目指して突き進む。

松木を筆頭に、棟方を知る芸術家たち——画家、作家、詩人たちは、彼の仕事に注目していた。棟方は大変な読書家で、それまでにさまざまな本の挿絵を担当したこともあり、文人の知己も多かった。文人たちは棟方が創り出す版画にただならぬものを感じ取っていた。

——そのうち棟方志功は化けるのではないか？

皆がそう噂しているぞと、松木は棟方に伝えて励ますのだった。

「『化ける』づで、どった意味がね？」

欠けた湯呑みに白湯を入れて松木に差し出しながら、チヤが訊いた。玄関から続く三畳間で、三人はひさしぶりにちゃぶ台を囲んでいた。

「想像もしねがったすごぇ版画家になる、という意味だ」

松木が答えた。チヤは、あら、とうれしそうに頬を緩めて、

「本当だが？　そったふうさ言わぃでるんだね。すごぇごどだわ。ねえ？」

すなおに喜んだ。が、棟方はそうでもない。

「そったごど……今まで同ずような版画《もん》さ作ってらようでは、化げだりなんかでぎねじゃ」

「どうしたんだ？　弱気だな」松木が言うと、

「別に……ほんとのごどだ」うつむいて棟方が返した。

松木は湯呑みを手にしてゆらゆらと揺らしていたが、威勢のいい声で切り出した。

「実はな。おれの知り合いに評判の目医者がいで、おメのこと話したら、一度診《み》で進ぜるって、言ってくれたんだ。どうだ？　紹介するはんで、診てもらったらどうだ？」

チヤはどきりと胸を鳴らした。

一度でいいから目医者にかかってほしいと、ずっと思っていたのだ。が、どうしても言い出せずにいた。

棟方は一瞬表情を硬くしたが、独り言のようにつぶやいた。

「目医者なんて……診でもらぃるわげがね。毎日の食いもんにも困ってらぐらいなのに……」

「すたばって、せっかくの機会だ。治療代だば、おれがなんとか工面するから」

松木が言った。それに被せるようにして、チヤも言った。

「ワぁがなんとがすます。パパ、お願いです。一度診でもらってけ」

すがりつくチヤのまなざしを振り切るように、棟方が声を荒らげた。

「なんとかするって、なんともでぎねじゃ。ワの目《まなぐ》の治療代があるだば、そえできょう子に米食わせてやってけ」

それっきり、三人とも黙りこくってしまった。チヤのとなりに座っていたけようは、ただならぬ気配を感じたのか、不安そうな顔でチヤの着物の袖にしがみついた。

「きょう、あっち行こう。な？」

巴里爾をおぶい、けようの手を引いて、チヤは親子が寝起きしている部屋へと移った。ふすまを後ろ手に閉めたとたん、棟方が詫びる声が聞こえてきた。

「マツ、すまね。おメの気持ぢはありがだぇ。でもワっきゃ、目医者にかがる金も時間も惜すいじゃ。そった時間ど金があれば、新すい版画《しごと》やってみでんだ」

そして、いま考えている「新しい版画」について、熱を込めて話し始めた。

版画は油絵にくらべると価値が低いと思われ、格下に見られているのが現状だ。木版画は版木の大きさ以上には作られることがない。定型で、面白みがない。奥行きもない。つまり深遠さがなく、単純だ。しかも何枚でも摺れる。チラシのようなものだ。

それが、一般的な版画の印象である。自分は、これを覆したい。

いま考えているのは、定型の紙一枚で完結する版画ではなく、何枚もの紙を連続させて構成する大型の版画だ。どうするのかといえば、定型の紙をどんどん横につないでいって、壮大な絵巻物のようにする。横に長い「絵巻版画」である。自分は文字を彫ることにも興味があるので、できれば物語か叙事詩を絵と一緒に彫り込んで、見る人は文字を読んで追いかけながら、絵巻の先へさきへと誘われていく。そんな版画を創ってみたい。

チヤはふすま越しに耳をそばだてながら、密かに驚いた。

――「絵巻版画」。一体どんなものなのか、想像もつかない。

が、それくらい新しいものなのだということは伝わってきた。

松木は棟方の熱弁に気圧《けお》されてしまったのか、うんともすんとも言わない。版画のことになると棟方の独壇場となるのはいつものことだが、その日は格別に熱がこもっているとチヤは感じた。

棟方はいつも版画の将来を案じ、版画のために自分に何ができるのか、真剣に考えていた。それはまるで大切な家族のことを思いやるかのようだった。

「絵巻版画」というのがどういうものかはわからないが、日々版画と向き合い、勉強を重ねてきた結果、現時点でたどり着いた結論なのだろう。いまの棟方には、きっとそれしかないのだ。

ややあって、ようやく松木の声がした。

「わかった。おメがやりでことは、よくわかった。どうやってそぃ実現するかは、わかんねけど。……絵巻作るなら、まずは文章、要るべ。誰が書いた文章使うんだ？」

松木の問いに、棟方は即答できなかった。沈黙のあと、さっきまでとは打って変わって弱々しい声が聞こえてきた。

「最近は金がなぐで、本も雑誌も買えねんだ。だばって……」

その話題は、そこで終わりになった。

しばらくして、ふすまが開いた。棟方が顔をのぞかせて、「マツ、帰《け》るぞ」と言った。

家族全員揃って玄関まで見送りに出た。松木はけようの頭を撫でて、「きょう子ちゃん、いい子でいるんだよ。また遊びに来るからね」と東京弁で話しかけた。

「そいから、これ。いろいろ、読み物載ってるから、読んでみろ」

手に持っていた本を棟方に押し付けた。そして、「へば、また」と、下駄を鳴らして帰っていった。

その夜。

チヤがちゃぶ台に茶碗を並べていると、棟方がやって来た。

「……こぃ、マツから」

松木から帰りぎわに渡された本。「新詩論」と表紙に書いてある。チヤは首をかしげた。

「いいがら、開げでみろ」

見ると、何か挟んである。——十円札だった。

チヤは震える瞳を上げて棟方を見た。棟方は、くしゃくしゃと泣き顔のような笑顔を作ってみせた。

「あいづは、そういうやづなんだ」

棟方が、ぽつりと言った。

チヤは、そっと本を広げた。泣き出してしまいそうだった。涙をごまかそうと、そのページを声に出して読んでみた。

大和《やまと》し美《うるは》し

大和は國のまほろばたたなづく青垣山隠れる大和し美し
黄金《こがね》葉《ば》の奢りに散りて沼に落つれば　踠《もが》くにつれて底の泥
その身をつつみ離つなし……
われもまた罪業重くまとひたる身にしあれば　いかでか死をば遁《のが》れ得む
されどわれ故里《ふるさと》の土に朽ちざる悲しさよ
ああ陽はいまや大和なる山の紅葉《もみぢ》を輝かし
昔わが遊びし野辺《のべ》や河岸《かはぎし》に子供らの影ゆらめかす思ひあり……

……

ああ倭《やまと》、お身の名を再び呼べば
わが目にはふるさとの空晴れ渡り　山々は肌も露はに現はるる
そはわが子いかに見悪《みに》くからむも　そをはぐくまむこころには
人目もあらず胸をはだける母をさながら光浴びたり

詩人、佐藤一英《さとういちえい》が書いた「大和し美し」。
倭建命《やまとたけるのみこと》の一代記を描いた三千字に及ぶこの長詩が、その後、棟方志功の人生を変えるものになろうとは、このときチヤが気づくはずもなかった。

一九三六年（昭和十一年）四月　東京　中野

チヤが部屋を片づけている。

頭は手拭いで姉さん被り、たすき掛けをして、畳に這いつくばって雑巾掛けをする。毎日掃除をしてはいるが、棟方が大量の削り屑と墨を撒き散らすから、そのすべてを取り除くのは容易ではない。畳のあちこちに墨が染みつき、縁《へり》には木屑が入り込んでいる。竹串を使ってそれを掘り出すのはなかなか骨が折れる。が、その日ばかりは徹底的に掃除をせよとの棟方の指令だ。夫のただならぬ意気込みに、チヤも気合いが入っていた。

二軒続きの長屋のうちの一軒である。結婚して以来、居候ではなく、ようやく家族が独立して暮らし始めた住処《すみか》だ。引っ越した当初は目も当てられないほどの荒屋だったが、チヤがせっせと片づけて、毎日掃除をして、どうにか住めるようにした。引っ越しの翌年には次女のちよゑが生まれて、いまでは親子五人のかけがえのない家となった。

棟方は、この長屋を「雑華堂《ざっけどう》」と名付けて慈しんだ。どのくらい慈しんだかというと、家の中を竜宮城に変えてしまったくらいである。

部屋じゅうのふすまにタコやらタイやらヒラメやらが舞い踊るように描かれている。すべて棟方の仕業だった。あるとき、所用があって大家が訪ねてきたのだが、貸家の中が竜宮城に変わってしまっているのをみつけられて、こっぴどく叱られた。こんなわけのわからない落書きをするとは言語道断、出ていくときには必ず元通りにしてくれ、さもなければ弁償してもらうと、えらい剣幕だった。ふすまどころか厠の壁まで別世界にしてしまったとは、さすがに言えなかった。厠にはあろうことか観音さまが出現し、極楽浄土に変えられていたのだ。大家には秘密だったが、これがなかなかの出来栄えで、噂を聞きつけた近隣の住民がわざわざ拝みにやって来たほどだった。

その「雑華堂」に、これから特別な来客がある。チヤがいつも以上に丹誠込めて掃除をしているのは、その来客を迎えるためだった。

玄関前の小路では、ちよゑをおぶった棟方が行ったり来たりして落ち着かない。その周りをよちよち歩きの巴里爾とけようが追いかけっこをしてくるくる回っている。太陽が中空で輝いているのを見上げて、棟方は大急ぎで家の中へ駆け込んだ。

「おい！　もう昼だぞ、まもなぐだ！　チヤ子、こっちさ来い、ここへ座れ！」

すっかり片づいた居間のちゃぶ台の前に、ちよゑをおぶったままで棟方が座した。チヤも畏《かしこ》まって向かい側に座った。けようと巴里爾がぱたぱたと走ってきて、母の両脇にちょこん

と座った。棟方は、えへんと咳払いをして、

「おメに言っておきたいことがある」

仰々しく告げた。はあ、とチヤは応えた。

「いいか。しつこいようだが、あらためて言っておく。こぃから来る客人は、それはそれは偉《えれ》ぇ、えれぇえ先生方なんだ」

「はい」とチヤは、今度はしおらしく返事をした。もう聞き飽きました、などとは決して言わない。

「柳宗悦先生。濱田《はまだ》庄司《しょうじ》先生。それに、河井《かわい》寛次郎《かんじろう》先生。河井先生は、わざわざこの荒屋さ来るだめに京都がらお出ましになる、づぅごどだ。それがどんだけすごぇことか、わかるか？」

「はい」とチヤは応えた。

「わかります。柳宗悦は、『白樺』でゴッホを紹介した人だべ？」

「呼び捨てにするんでね！　柳先生と言わねば！」と棟方。

「はいっ、失礼しました。柳先生」とチヤ。棟方は、うむ、とうなずいて、

「おメの言う通り、ゴッホ先生ば日本で初めで紹介したのは、柳先生が作らぃだ雑誌、『白樺』だ」

ゴッホまで「先生」になっている。チヤは笑いが込み上げたが、どうにかこらえた。

棟方が十七歳のとき、青森の画家仲間、小野忠明の下宿で見た芸術雑誌「白樺」。その中の一ページに〈ひまわり〉が絢爛と咲いていた。それを目にして感極まった若き棟方は、「ワぁ、ゴッホになるっ!」と叫ばずにはいられなかった。たった一枚の複製画に、見事棟方は着火されたのだ。

そのページは切り取られて、常に棟方の仕事場の壁に貼ってあった。もちろん、雑華堂の居間兼仕事場の壁にも貼ってある。いまでは棟方一家を見守る「聖画」のような存在だ。

実はその〈ひまわり〉の実物は、日本のとある実業家が購入してフランスから取り寄せ、なんと日本にある。それを教えてくれたのは「白樺」を見せてくれた小野だった。うらやましいことに、小野は東京で開催された「白樺」主催の西洋美術展で実物の作品を見てきたのだ。当時、いま以上に貧乏だった棟方には、本物を見にいくことなど夢のまた夢。小野から譲り受けた「白樺」の複製画のページをお守り札のように崇めるのが精一杯だった。

しかし棟方の胸には希望が宿った。いつの日か一人前の画家になったら、ゴッホに——〈ひまわり〉に会いにいこう。〈ひまわり〉が日本にあるという事実は、棟方青年を大いに勇気づけたのだ。

実際、「白樺」は、当時フランス国内でさえまだ評価が定まっていなかったフィンセント・ファン・ゴッホの革新性をいち早く見抜き、日本で初めて誌上で紹介したのである。それが棟方を始め多くの若者たちを熱狂させ、新しい芸術に対する開眼を促すことになったのだから、その影響力は計り知れない。
「白樺」は一九一〇年（明治四十三年）、学習院大学に在籍する学生たちが中心になって創刊された同人誌である。同人たちは皆上流階級の家庭に育ち、西欧に外遊して最先端の芸術に触れ、情報の発信源として雑誌を立ち上げた。「白樺」は創刊直後から評判となり、単なる同人誌の枠を超えて、新しい時代の芸術に触れたいと渇望する全国の青年たちに広く受け入れられた。

美学者で哲学者の柳宗悦は、設立メンバーの一人であり、長らく編集長も務めた「白樺」のリーダー的存在だった。ゴッホを始め、「印象主義《インプレッショニズム》」「後印象主義《ポストインプレッショニズム》」を日本で初めて紹介し、彼らの革新性を高らかに謳い上げた評論「革命の画家」は、柳から同世代の若き芸術家たちへの力強い檄文であった。

ほとんど意味がわからないながら、チヤも繰り返し読んだこの名文は、結婚直後、離ればなれに暮らすことになった夫から「さびしかったらこれを読め、おれの愛読書だ」と渡された「白樺」に載っていたのだ。こったむずかすいもの読めだなんて格好づげでらな、と思ったが、ページのあちこちに鉛筆で線が引かれ、夫はほんとうにこれを繰り返し読んでいるのだとわかった。だからチヤも夫を真似て鉛筆で線を引いてみたりもした。

その柳宗悦が——偉い、えらぁい柳先生が、この日、雑華堂を訪れるのだ。

棟方は相当感極まっているらしい。背中のちよゑに髪の毛を引っつかまれてもお構いなし

で、額に汗を浮かべながら、

「柳先生が来らぃるだけでも大変なことなのに、民藝運動のお仲間の濱田先生と河井先生まで、一緒さ来らぃるなんて……おふたりともワの憧れのお人、陶芸の大家……なんという幸せ……くうぅ……くぁあっ！」

ひと声叫んで天井を仰いだ。背中のちよゑが「アー」と応えて父のおでこをぺちんと叩いた。チヤはたまらずに噴き出してしまった。

「ま、とにかく」棟方は我に返って続けた。

「こぃがらのワの人生ば左右するがもしれね、重大なお客さまだ。子供らが粗相《そそう》すたっきゃいげねはんで、おメは子供らと奥の部屋さ隠れていてぐれ」

チヤはきょとんとした。

「え？　すたばって、ごあいさつすねば……お茶もお出しすねど」

「いいから、とにかくそうすてけ。な？　頼んだぞ」

おんぶ紐を解いて、ちよゑをチヤの腕に預けると、棟方はそそくさと玄関前へ戻っていった。

チヤは釈然としなかった。が、今日は版画家・棟方志功にとっての大一番だ。夫の言に従おうと決めたのだった。

三週間ほどまえのことである。

桜の花がほころび始め、花の香りがどこからともなく風に乗って長屋の軒先へ運ばれてくる。春爛漫の好日であった。

雑華堂で暮らし始めた最初のころは、食べるものがなくて、春になれば三日に二度は野草を食卓に上げていた。チヤにとっては辛い思い出である。が、最近は挿絵の仕事が安定的に入っていることや、いろいろな展覧会に積極的に出品して、棟方の名前は徐々に知られるようになってきたので、少ないながらも収入がまったくないわけではなく、野草を食事に出す頻度も五日に一度程度になってきた。貧しいことには変わりはなかったが、どん底からは小指の先ほど浮かび上がった――というところだろうか。

その日、棟方は、上野の東京府美術館で開催される民間の団体美術展「国画会」の出品準備のために出かけていったきり、夕餉の時間になっても帰ってこなかった。

ふつう、出展人、つまり画家は自作の展示の準備を行わない。団体展で全出展人が自分で展示することになれば、展示場所の公平性をめぐって大騒ぎになってしまう。だから、展示専門の係員が準備作業を担っている。棟方は国画会の会員で出展人だったが、臨時収入を得るために展示補助の仕事を請け負った。そんなこともあり、開催の前日に会場へ出かけていったのだった。

チヤと子供たちは父の帰りを待って食事に手をつけずにいたが、けようと巴里爾が「お腹空いた」と半べそをかくので、仕方なく先に食べさせた。ちよゑに乳を飲ませ、子供たちを寝かしつけた。それでもまだ夫は帰ってこない。チヤはいよいよ心配になってきた。

電車賃を惜しんで、遠くから歩いて帰ってくることもある。今日もきっと歩いて帰っているのだろう。展示で疲れているはずだけど。……何かあったのだろうか？

不安に苛まれて、チヤは玄関へ出た。上がりがまちに正座して、なすすべもなく出入り口の木戸をぼんやり眺めていると、外に人が立つ気配がした。はっとして立ち上がり、急いで木戸を開けた。

棟方が立っていた。チヤは目を見張った。

夫の顔が明らかに違う。内側から輝いているように見える。

「チヤ……チヤ子、ワぁ……ワぁ、ワぁ、あ、会ったんだ、あ、あの、あの……」

何度も唾を飲み込みながら、必死に言葉を押し出そうとしている。チヤの肩をつかむ手が小刻みに震えている。

「ワの版画、あれが……や、やまとし、うるわしが……」

国画会の展示会場で起こった、信じられない出来事。

玄関先で立ったまま、棟方は一気に話し始めた。

その日の午後、棟方は国画会の展示の準備でおおわらわであった。

一九一八年（大正七年）に京都で発足した「国画創作協会」の洋画部門が独立し、一九二六年（昭和元年）に東京に拠点を移して発足したのが国画会である。帝展の権威主義や表現の規制に反発し、自由な創作を標榜する公募展として、保守的な表現や思想に嫌気が差していた芸術家たちに圧倒的に支持されていた。洋画部、彫刻部、工芸部、版画部の四部門からなり、版画部は一九三一年（昭和六年）に後発で開設されたのだが、棟方は版画部開設の年から参加して注目を集めていた。

しかし、洋画部の華々しさに欠けるのが版画部の出品作であった。おおよそ均一の大きさで、定型の額に入れて飾られる。棟方の作品もその中のひとつであった。独特の力強い作風で、版画部においては異彩を放ってはいたが、棟方自身、どうも物足りない。油絵よりも格下にとらえられてしまうのは版画の命運なのかもしれないが、それにしても、自分の作品も含めどの作家も小さく縮こまっているようで、気に入らなかった。

どうにかしてこの現状を覆すことはできないか。棟方は孤軍奮闘していた。

この年、棟方はどうしてもやってみたかった版画の大作を完成させた。かねてから構想を温めてきた「版画絵巻」である。満を持しての挑戦の題材に、佐藤一英の長詩「大和し美し」を選んだ。

「大和は國のまほろばたたなづく青垣山隠れる大和し美し」――古代の英雄、倭建命が故郷を偲んで詠《うた》ったとされる和歌から始まり、「母をさながら光浴びたり」で結ばれる約三千字の詩。

この詩そのものを画中の主役に据え、挿絵を配しながら二十点の版画を創る。それらを連続して展示し、壮大な絵巻物として見せる。誰も思いつかなかった全く新しいアイデアだった。

初めてこの詩を読んだとき、文字を追いながら棟方の脳裏には倭建命の姿が生き生きと浮かび上がった。それればかりか伝説の場面が、美しい大和の風景までが活動写真を見ているかのように次から次へと見えてくる。棟方の心の目は千里眼にも優っていた。自分の心の目が見たものを版面に写すには、文字そのものに命をこめて彫り込めばいいのだと彼は気がついた。

では三千字をどう彫るか。一面あたり何文字という制限はない。しかし文字には強弱をつけ挿絵を配し、かつ読めるようにしなければならない。棟方は緻密に画面の構成を検討し、下絵の準備をした。結局、彫り始めるまでに二年を費やした。

前年に国画会で発表した〈萬朶譜《ばんだふ》〉で、藤、松、梅、矢車草、杜若《かきつばた》、竹、桜を図案化し、七枚の正方形の版木の枠内いっぱいに咲かせてみて、手応えがあった。版画においては普通の絵とは違う表現を追求していい。かつ、版画でしか描けない線やかたちを見出さねばならない。そう悟った棟方は、〈大和し美し〉ではそのすべてを試そうと決めた。

「流れ」。前人未到の壮大な版画絵巻を成功させるには、全体を貫く主旋律となる「流れ」を作り出す必要があった。勢いよくほとばしる清流のごとく文字の流れを作り、清流を砕く岩のごとく画を配した。流れるように描き、流れるように彫った。全二十点、横一列につなげると七メートルを超える大作が完成した。

誰も成し得なかったことをついに自分は成し遂げた。この一撃で世界を揺るがそうとの気概が棟方にはあった。長大な作品を四つに分け、四面の横長の額に収めて、国画会に出品した。

ところが――。

展示当日、棟方は、自分も出品している版画部ではなく、より出品点数の多い洋画部の展示の手伝いを請け負っていた。すべての作品を壁に掛け終えてから、さて自分の作品はどうなったかと、胸を弾ませて版画部の展示室へ行ってみた。版画部の展示室はわずか一室しかなく、まるで「おまけ」のように感じられるのが気に食わなくはあったが、それでもまったくないよりはましである。

展示室では係員の男がひとりで展示作業中だった。四方の壁のうち三面には額装された小ぶりの版画が隙間なくちょこまかと並べて掛けられていた。残りの一面の壁はまだ空いていて、これから展示される作品群が床に置かれて壁に立てかけられている。その中に突出して長い額が四点、裏返しで四重に立てかけられているのが見えた。

「すみません。ちょっとお邪魔します」

入室しながら、棟方は係員に向かってにこやかに話しかけた。

「あの、そこにある横長の額。それ、私の作品です。これから掛けるようでしたら、お手伝いします」

係員が振り向いた。彼は棟方を見ると、呆れたような表情になった。

「あなたですか？　こんなとんでもないもんを作ったのは」

強い口調で問われて、棟方はきょとんとした。

「はあ、そうですが……何かいげねがったですか？」

係員はズボンのポケットから紙片を取り出し、広げて眺めながら、

「あなたの作品。ええと……棟方さん。額装四つで一作品ってなってるけど、これ、このうちのひとつだけ展示するってことでいいですね？」

いきなり言われて、棟方は唖然とした。

「ひとつだけ、づで……そったことはでぎね、出品目録に書いてある通り、これは四つの額さ合わせてひとつの作品なんです。そのうちのひとつだけでは意味を成さねんだ」

「そう言われましてもね。こっちの壁にはあなたのほかに二十人の作品を掛けなくちゃならないんですよ。そんなバカでかいもんを四つも掛けたら、ほかの人の作品が展示できなくなっちゃうでしょう。非常識ですよ」

入魂の一作を小馬鹿にされて、さすがにむかっときた。

「確かに非常識かもしれません。ばって、常識を乗り越えねば、版画は育たねんです。だから私はこれを創ったんです。どうしても、どうしても四つ並べて展示してもらわねば」

「だめだと言ったらだめですよ。しつこいな」

「なんと言われようども、並べてください。お願いです、頼みます！」

「だめだったら！」

お互い一歩も譲らず、大声で言い合いになった。係員はだんだん頭に血が上ってきたのか、真っ赤な顔になって、

「とっとと出て行け、この田舎もんが！」

激しく罵り、棟方の腕をつかんで追い出そうとした。棟方は男の手を振り切ると、いきなりその場に平伏《ひれふ》した。

「お願いします！　全部、展示してください！　――この通り！」

床に額をこすりつけた。そうするしかなかった。みっともない。情けない。くやし涙があふれてきた。が、棟方は歯を食いしばった。

ここで引き下がってなるものか。――絶対に！

「おい、君たち。――どうかしたのか？」

背後で声がした。

はっとして、棟方は涙と鼻水でぐしゃぐしゃになった顔を上げた。

振り向くと、見知らぬ男性がふたり、部屋の出入り口に佇んでこちらの様子を窺っている。ふたりとも洋装で、仕立ての良さそうな背広とネクタイ、きれいに磨いた革靴を身につけ、中折れ帽とステッキがいかにも上品な紳士である。

棟方は腰に下げていた汚れた手拭いで顔を拭き、よろけながら立ち上がった。係員は気まずそうな顔で、「いや、この人の作品が……」と、歯切れ悪く応えた。

「作品がどうしたんだ？」丸眼鏡をかけた分厚い唇の男が訊いた。

「ものすごくバカでかい額に入れた版画……全部で四つあるんですが、そのうちひとつだけを展示すると言ったら、食ってかかられてしまって……」

「だから、ひとつでは意味がねんです！　これは版画の絵巻物なんだ！　四つ全部展示せねば完成されない作品なんです！」

ふたりの男は顔を見合わせた。そして、部屋へ入ってくると、細身で長身の口髭の男が棟方に向かって言った。

「君。いま、版画の絵巻物と言ったね。ちょっと見せてくれないか」

「困ります。いま展示作業中ですので……」係員が困惑して応えた。が、棟方はすぐさま、壁に後ろ向きに立てかけてある四枚の長い額の中のひとつをひっくり返して見せた。

ふたりの顔に稲妻のような閃光が走った。

ふたつめを返すと、ふたりの目が鋭く輝いた。三つめを返すと、ふたりの口が半開きになった。

そして最後のひとつを返すと、ふたりはじっとそれをみつめたまま、動かなくなった。

あまりに長いあいだふたりとも黙りこくってしまったので、棟方は戸惑った。しかし、声をかけるのがはばかられるほどふたりが没入して見ているのがわかった。

「……これは……」

最初に口を開いたのは丸眼鏡の男だった。

「これは、すごい……この連続する文字……まるでザアザア雨が降っているみたいだ。こんな版画は見たことがない」

興奮しているのか、その声は熱を帯びて少し震えていた。となりの口髭の男は低くうなった。言葉がみつからない様子である。彼は振り向くと、そこに突っ立っていた係員に向かってきっぱりと言った。

「君、これは四点全部展示しなければ意味がないものだ。二段掛けにしてもいいから、とにかく全部展示してくれたまえ」

「えっ」

係員と棟方は同時に声を上げた。即座に男が続けて言った。

「私たちは工芸部の審査員だ。版画部の審査員の先生方には言っておくから、とにかく四点すべて展示するように。いいですね？」

審査員と聞いて係員は態度を豹変させた。彼は何度もふたりに向かって頭を下げ、必ず全四点を展示すると約束した。

棟方はキツネにつままれたように、ぽかんとするばかりだった。

それからふたりの紳士は〈大和し美し〉を隅々まで見て、しきりに嘆息したり、首を左右に振ったり、近づいたり離れたりして、一文字一文字を追いかけ、この上なくていねいに見てくれた。それだけで棟方の胸は熱いものでいっぱいになった。

最後の一文字までを見終わると、ふたりは顔を寄せて何ごとかひそひそと話し合い、うなずき合った。そして、ふたりして棟方のもとへやって来た。

「君、名前は？」

口髭の男に問われて、棟方は我に返って答えた。

「む……棟方。棟方志功と言います」

男は微笑んだ。

「棟方君。私は柳宗悦、彼は陶芸家の濱田庄司だ。私たちは君の作品に心底感じ入った。いや、ほんとうに……すっかり持っていかれてしまったよ」

棟方は目を瞬かせた。

やなぎ……そうえつ？　はまだ……しょうじ？

やなぎ……はまだ……や……は……。

「は……は、あ……ああっ、あああーっ！」

棟方は叫んだ。目の前の紳士と「聖画」が――絢爛と咲くゴッホの〈ひまわり〉が重なった。

「白樺」の主宰者、柳宗悦。彼が提唱する「日本民藝運動」の仲間、陶芸家の濱田庄司。棟方にとって神仏にも等しいふたりが、目の前にいる。

信じられなかった。

「や、や、や、柳先生っ！　はっ濱田先生っ！　こっこれ、これこれ、ゆ夢ですかね？　夢でねが？　ワだば夢見でるんでねが？　ふわあっ、わいはーっ！」

叫びながらぴょんぴょん飛び跳ねた。もう、大興奮である。

「おいおい、ちょっと落ち着けよ」と、濱田がさもおかしそうに笑った。柳も笑って言った。

「落ち着いてくれたら、もうひとつ、言いたいことがあるんだが」

棟方は、飛び跳ねるのをぴたりとやめて、今度は直立不動になった。

「はいっ、先生。なんでございましょう⁉」

柳と濱田は目配せをし合った。柳が棟方に向き合って言った。

「実は、私たちはこの秋、日本民藝館という美術館を開く予定にしている。その美術館の最初の収蔵品として、この作品を買い上げたい。いいだろうか」

「もちろん、ひとつじゃなくて四つ全部だ」濱田が言い添えた。

棟方は——絶句した。

やはり、信じられなかった。すぐに「はい」と答えたかった。けれど、どうしても言葉が出てこない。

その代わりに、思い切り柳に抱きついたのだった。続いて濱田にも。

——奇跡が起こったのだ。


タコが踊り狂う絵が描かれたふすまをぴっちり閉め切って、チヤは夫婦の部屋にこもっていた。

遊び足りないけようと巴里爾をどうにか寝かせ、ちよゑを抱っこしてあやしながら、こちらもなんとか寝かしつけた。

ふすま越しに談笑する声が聞こえてくる。柳宗悦、濱田庄司、そして河井寛次郎。まるで七福神の宝船を迎えたかのごとく、棟方が大喜びではしゃいでいる姿が手に取るようにわかる。自分がそこに加われないのはなんともくやしいが、女房がしゃしゃり出る場ではない。せめて聞き耳を立てて、話の成り行きを窺《うかが》ってみよう。

「君の出現は画壇の事件と言ってもいい。君は僕たちの近年の最大の発見だ」

柳の声である。彼に褒められること以上に棟方を喜ばせるものはない。

「根源から湧き出る力が君の絵にはある。版画といえば版木の型より大きいものはないという概念が、あの絵巻物で覆されたからな。まったく、大したもんだ」

これは濱田。棟方がいちばん気づいてほしいところにちゃんと気づいている。

「君にはまだまだ伸び代がある。これからが楽しみだ。君のことは僕らで応援していこうと決めたから、どんどんいいものを創ってほしい」

最後は河井だ。京都にある彼の窯元《かまもと》には多くの求道者が集まってくるという。温和で深遠な人格なればこそだろう。

尊敬する三人の芸術家から賞賛を与えられた棟方は、うれしさのあまりだろう、涙声になって、

「私は十七のじぶんに、『白樺』に載っていた〈ひまわり〉を見て、柳先生のご文章『革命の画家』を読んで、画家になる、づで決めたんです。貧乏でしたが、食べるもんがねぐでも濱田先生の茶碗、河井先生の焼き物を月賦で買いました。その先生方にそったもったいねお言葉をいただけるとは……」

多少盛り気味に語っている気がしたが、そういえばいつだったか、妙に立派な茶碗を持ち帰って、マツにもらったんだとかなんとか言って、どこかに隠してしまったことがあったけど……あれのことか。

しばらく談笑が続いていたが、ふと、思い出したように柳が尋ねた。

「ときに、君は独身なのか？　ずいぶんこざっぱりとした部屋に暮らしているじゃないか」

チヤの胸がどきりと鳴った。もしかしたら呼び出されるかもしれないと、授乳ではだけたままの着物の前をあわてて直す。ところが棟方の返答は、

「はあ、自分ひとり食べてぐのもやっとなくらいで、嫁コをもらうなんてば、とてもとても……」

ときた。チヤは思わずムカッとした。

「じゃあ、身軽だな。汽車賃を出してあげるから、京都の僕の仕事場へしばらく来てみんか」

河井が思いがけない提案をした。棟方が「えっ」とたちまち声色を変えた。ふすまのこちら側で、チヤも「えっ？」とつぶやいてしまった。

「ほ……ほんとですか？　い、行きたい、行きたいです、すぐにでも！」

そこへ柳が別の話題を挟んできた。

「君、あの〈ひまわり〉。さっき言ってたやつだね、君が画家を目指すきっかけになったっていう。いつからそこへ貼ってあるんだ？」

壁に貼ってある〈ひまわり〉の複製画をみつけたようだ。よくぞ聞いてくれましたとばかりに、勇んで棟方が答える。

「あれは、初めて見たときからもう、ずっと、ずーっと私と一緒にあるんです。私のお守り札みてなもんです」

「そうか。守り札か」と柳は笑って、

「実はあれ、白樺美術館を作ろうという話があったときに、僕ら『白樺』の同人が関西の実業家、山本顧彌太《やまもとこやた》氏に依頼して、買ってもらったんだ。本物の西洋の名画やロダンなんかを収蔵品にして、一般公開しようという計画だったんだが、関東大震災で立ち消えになってしまってね。でも山本さんは、その日がくるまでは預かっておくからと、いま、神戸の芦屋の彼の屋敷にあるよ。なんなら、河井と一緒に見に行ってくればいい。話をつけておくから」

「ええっ！」と叫びそうになって、チヤは思わず片手で口をふさいだ。棟方のほうは思いっきり「ええっ！」と叫んだ。

「ゴ……ゴッホ先生の〈ひまわり〉を⁉」

「ゴッホに先生は余計じゃないか？」と河井。

「いや、ゴッホは私にとって先生です！　いや違う、神さまです！　仏さまです！　ゴッホさまです！」棟方は力いっぱいゴッホをあがめた。

父の雄叫びに驚いたのか、ちよゑがぐずり始めた。

（いげね。泣いたらまいね、まいねよ）

チヤは必死にあやしたが、一度ぐずり始めると収まらないのが赤ん坊だ。濱田が耳ざとくその声に気づいた。

「おや？　いま、赤ん坊の声がしたようだが……」

「あ、あれはネコです、ネコ！　野良猫がときどきくるもんで……」

あわてて棟方が火消しに回ったが、もはや手遅れだ。ちよゑは泣き出し、目を覚ました子供たちが騒ぎ始めた。チヤはあわてた。

（これっ、静かに！　あっ、まいね！　きょう子っ！）

――がらり。

けようがタコ入道のふすまを開けた。四人の男たちが、いっせいにこちらを向いた。

三人の客人とチヤの目が合った。チヤは、ちよゑを膝に抱いたままで会釈をした。

「……あ……ど、どうも……」

「パパ～！」

けようと巴里爾が飛び出してきた。ふたりは棟方の膝の上にちょこんと収まって、うれしそうに父の顔を見上げた。

三人の客人たちは啞然としている。棟方は大汗をかいて、

「あ……これ、うちのネコさんです。子猫をがっぱと産んでしまったんだなこれが、ハハハ……」

続いてチヤが、神妙な笑顔で言った。

「夫猫が、大変お世話になっております」

猫夫妻のあいさつに、三先生は大いに笑った。

9

チヤが台所で氷を砕いている。

木桶の中に氷の塊を入れ、鋭い錐《きり》の先でガッガッと打ち砕く。そのたびに細かい氷の粒が飛び散り、母の足下にいる巴里爾が両手のひらを伸ばして受け止めようとする。

「巴里ちゃん、危う、あぶうよ。離れてて」

母に注意されても、巴里爾はこの季節には珍しい氷で遊びたくて仕方がない。

真冬の青森でなら造作もなく手に入る氷だが、六月の東京ではそうはいかない。氷屋に頼めばびっくりするような値段である。とてもじゃないが買えないとあきらめていたところ、ちよゑが高熱を出して苦しんでいると聞きつけた松木夫人の量が、気を利かせて手配してくれたのだ。

またしても松木に助け舟を出してもらい、チヤは申し訳なかったが、いまは遠慮をしている場合ではない。砕いた氷を氷嚢《ひょうのう》に入れ、麻紐で固く縛って、寝室へと急ぐ。

布団に寝かせられたちよゑの額に手拭いを載せ、氷嚢をあてがう。火のように熱い。生後九ヶ月の小さな身体は、この三日三晩、高熱と闘い続けている。

ふすまがほんの少し開いて、けようが中をのぞき込んだ。流行り病かもしれないから近づかないようにと母に言われ、おとなしく従っている。まもなく五歳になる長女は、中に入りたがる弟に「だめだめ、巴里ちゃん、だめだよ」と言い聞かせて、遊び相手になってやっている。けれどほんとうは妹のことが心配でならないのだ。

「おかあさん。ちよゑちゃん、よくなる？」

もう何回目だろう、けようはふすまの向こう側から小声で訊いた。チヤは氷嚢を押し当てながら、

「よくなるよ。大丈夫だから、巴里ちゃんと遊んでおいで」

そう答えた。そのじつ、胸の中は不安で押しつぶされそうになっていた。

——どうしよう。このまま、よくならなかったら……。

こんなときこそ、夫にそばにいてほしい。

が、棟方はこの半月ほど家を留守にしているところだった。

ほぼ毎日届く葉書には、滞在先の京都での真新しい体験について——いかに刺激に満ちあふれ、どれほど楽しく過ごしているか、また真剣に勉強しているか、弾けるような文字が連なり躍っていた。

『チヤ子様　子供達は元気にしていますか　私は河井先生の毎朝の濃茶のお相伴に与《あずか》り、先生の禅書のご講義を拝聴して奥様のご案内で京都見物し　充実の日々です』

いまは夫が遠くにいた。心だけはそうではない、と信じてはいるけれど……。

四月下旬、柳宗悦、濱田庄司、河井寛次郎が雑華堂を訪問した。

最初、棟方は妻子があることを三先生に匿《かく》そうとした。版画家としては半人前のくせに、一人前に家庭を持っているなんて、尊敬する先生方に知られるのがはばかられたのだろう。実際には、先生方の反応はその逆だった。隠れていたチヤと子供たちが出てくると、三先生は棟方が妻子のあることをごまかそうとしたのをたいそう面白がり、また目を細めて子供たちの相手をしてくれた。

夫にとっての雲上人たる先生方を前にして、チヤもさすがに緊張した。「白樺」の中の「革命の画家」を、夫に言われて自分も繰り返し読んだことをもじもじと伝えると、柳は微笑んで、

「そうでしたか。それはありがとうございます」

ていねいに礼を述べた。そして、

「奥さん、あなたの夫君《ふくん》はたいした人です。あなたは胸を張って自慢していいのですよ」

そんなふうにも言ってくれた。

夫が——「棟方志功」がどれほどすごいのかを、チヤは柳宗悦によって初めて客観的に知らされたのだった。

なにしろ、あのゴッホを日本で初めて紹介した人物である。ゴッホの〈ひまわり〉を「白樺」誌上で見たからこそ、棟方は画家への道を決意したのだ。その人が、手放しで夫を褒め讃えている。信じられなかった。

自分ですらそうなのだ、本人はさぞかし夢を見ているような気分だろう。

柳たちがどれほど本気なのか、言葉だけでは到底わからなかったかもしれない。しかし、国画会の会場で〈大和し美し〉をひと目見て、彼らは棟方に申し入れたのだ。——この秋に開設される予定の美術館、「日本民藝館」の最初の収蔵品として購入したいのだと。

そして、実際に国画会の展示が終わると、〈大和し美し〉は雑華堂には戻らず、そのまま柳宗悦邸に収まった。代金は柳邸へ出向いた棟方に直接渡された。その額、なんと二百五十円。

信じられなかった。——ほんとうに、夢を見ているようだった。

柳、濱田、河井、そして陶芸家の富本憲吉《とみもとけんきち》は、十年まえに「民藝」なるものを提唱していた。その集大成として、東京の駒場にある土地を取得し、民藝を研究・展示して一般に広める美術館を創設する計画が進められていた。

民藝とは何か。日本全国に存在する無名の職人たちの手による日常の生活道具全般に名づけられた総称である。日本は南北に細長い島国であり、それぞれの気候風土に適した手仕事が発達してきた。各地の風土の中に生まれ、生活に根ざした道具には、用に即した健全な美が宿っている。柳たちが着目したのは、この「用の美」であった。

それまで誰も注意を払うことのなかったごくふつうのもの――うつわ、台所用品、家具、着物、かごやほうきに至るまで――にこそ、普遍的な美が宿っている。それは、まったく新しい美の発見であり、考え方であった。

民藝の美は、いわゆる泰西名画の美の概念とは違う。それは無心の美であり、自然の美であり、健康の美であるのだ。

棟方の創り出す版画には民藝の美の概念に近いものがあると、柳も濱田も、〈大和し美し〉を見た瞬間に鋭く感じ取ったのである。ずば抜けて個性的であり、西洋画に微塵も追従しておらず、他人の評価などまったく気にしていない無鉄砲さがあった。それでいて卓越した手技と緻密な構成も兼ね備えていた。それは日用品ではないし、市井の職人が作った道具でもなかったが、民藝的な――無心の、自然の、健康の美、純然たる日本の手仕事の美をたたえていることは間違いなかった。西洋画の専門家たちには決して見出せない棟方の特性を柳たちが見抜いたのは、こうした知見があってのことだった。

版画を絵画の一分野として見ようとすると、どうしても「油絵よりも格下」という既成概念が邪魔をする。それをなんとか覆せないかと棟方はこの八年もがき続けてきた。そこへ柳たちが既成概念を取り払った「民藝の目」で棟方の版画を見出してくれた。棟方にとって、それはとてつもない僥倖《ぎょうこう》となった。

「面白い作家をみつけた」と柳に聞かされた河井寛次郎はすぐさま上京した。柳邸で〈大和し美し〉を見せられた河井は、これはとんでもない逸材だと直感したらしかった。柳、濱田、河井は協議して、今後、日本の美の原生種ともいえるこの作家を支援してやろうじゃないかということで合意した。

三先生が雑華堂を訪れた際、棟方はそう聞かされ、ほとんど天にも昇る心地になった。

棟方の版画は仲間うちでは話題になっていたが、それまでにいわゆる「先生方」の目にはほぼ留まらず、版画の地位向上のためにいくら躍起になっても空回りばかりしていたのだ。それが突然、心の師とも仰いでいた美の先達——しかも一気に三人——に、これから支援しようと申し入れられて、喜ぶなと言われても無理な話である。

しかも、河井からさらに思いがけない提案があった。

「僕は来週京都へ戻る。君も一緒に来んか。幾日でも僕宅《ぼくとこ》へ泊まってもらってかまわんよ」

河井の自宅と窯は五条坂にあり、そこで作陶をしている。また、毎朝陶工たちを相手に仏教について自己流の解釈で講義しているとのことだった。京都へ来たことがないのならきっといい体験になると誘ってくれた。

そこへ重ねて、柳が壁に貼ってある〈ひまわり〉を指差して言った。

「あの絵、芦屋の山本顧彌太氏のところにあると言っただろう？　本当に見に行きたいなら、山本さんに手紙を書いておくよ」

これがとどめとなって、棟方は急きょ河井とともに京都行きを決心した。

その日こそ雑華堂は本物の竜宮城と化した。酒を一滴も飲めない棟方だったが、歓喜のあまりタイやヒラメの舞踊りに酔いしれた浦島太郎になった。

翌週、鼻歌を歌いながら旅支度をしている棟方に、明日早いんだからもう寝ましょうとチヤが声をかけると、いや絶対に寝ない、今夜だけは寝ないと言い張った。寝て起きたらぜんぶ夢だったら困るから、と。まるで遠足まえの子供みたいだとチヤは呆れたが、大きな小学生は半刻もしないうちにあっさり寝落ちしてしまった。

あくる日の早朝。

いちばん鶏の声がどこからか聞こえてくる。ようやくあたりが薄明るくなってくる時刻、棟方は旅装束で雑華堂の玄関を出た。

チヤが上京したときに持ってきた旅行鞄を提げ、大きな風呂敷包みを背負っている。チヤは表まで見送りに出た。

「へば、行ってきます。子供たちのごどば頼んだよ」

棟方が言った。チヤはうなずいた。

「すっかり勉強してきてけ。そえで、もし……もしも……」

チヤは、思いを込めて告げた。

「もしもゴッホ先生さ会えだんだば、よろしく伝えでけ」

棟方は眼鏡の奥の目を凝らしてチヤをみつめた。それから、にこっと笑って、

「ゴッホに先生は余計だべ？」

そう言った。

赤ん坊のような風呂敷包みをおぶって去っていく後ろ姿が見えなくなるまで、チヤは手を振って見送っていた。


ちよゑが熱を出したのは、棟方が京都へ出かけて十日ほど経ってからのことだった。

朝からずっとぐずりっぱなしで、乳を飲もうともしない。どうにか寝かしつけて用事を済ませ、様子を見にいくと、顔を真っ赤にして苦しそうな息をしている。

驚いたチヤは、何枚かの手拭いを水に浸し、固く絞って額に当て、両腋の下に挟んでみたりしたが、いっこうに熱が下がらない。ひと晩経っても変わらず、これは尋常ではないと勘づいた。

けように巴里爾のお守りをするように言いつけ、決してちよゑの部屋の中に入ってはならないよと言い含めて、下駄を突っかけて通りを走った。松木の家へ行き、氷屋の場所を聞い

て、急いで駆け込んだ。そこで初めて財布を忘れてきたことに気がついた。財布を取りに帰るまえに値段を聞くと驚くほど高く、どっちにしても買えないとあきらめて、また走って帰った。途中で鼻緒が切れてしまったので、下駄を両方脱いで手に持ち、裸足で駆け帰った。

チヤの懸命の看護が続いた。乳を飲まなければどんどん弱ってしまう。砂糖水を布に湿らせてちよゑの口もとに当ててみた。が、まったく吸おうとしない。

「ちよゑ……しっかりして、ちよゑ」

無意識に声をかけていた。ふすまが少し開いて、けようが心配そうな顔をのぞかせている。と、玄関の戸が勢いよく開く音がした。

「ちわーす。氷屋でござい」

松木夫人の量が大きな氷の塊を注文して、送ってくれたのだった。

氷嚢の氷はちよゑの額の上ですぐに溶けてしまう。汗をかいた着物を替えようとして脱がすと、全身に赤い発疹が散らばり、首や手足がむくんで腫れている。けようや巴里爾のときには見なかった症状だ。チヤはうろたえた。

そこへ、量がやって来た。どうなったかと心配して様子を見にきてくれたのだ。

「こぃは、いげねよ。早くお医者さまば呼ばねば。私、ちよゑちゃん見ててあげるはんで、チヤさ、呼びに行って」

量に言われて、初めてチヤはことの重大さに気がついた。自分には看護婦の経験があり、けようや巴里爾の具合が悪くなったときも対症療法を心得ていて、いつもどうにかなってきた。今回も子供によくある一過性の熱病だろうとたかをくくっていた。

下駄を突っかけるのももどかしく、チャは再び裸足で医院への道を走った。量に言われるまで医者を呼ぶということを思いつかなかった自分を激しく責めた。

――どすべ？　どうしたっきゃいい？　ちよゑが助がねがったっきゃ……どうしたっきゃいいの？

ちよゑ……ちよゑ、堪忍《かに》な、私は悪いおかあさんだ……！

畑沿いの畦《くろ》を走っていく途中で、自転車に乗った電報配達人と出くわした。しょっちゅう雑華堂に電報を届けてくれているのですっかり顔見知りの彼は、チヤが裸足で走ってくるのを見て声をかけてきた。

「棟方の奥さん！　下駄も履かないで、どうしたんですか？」

チヤは一瞬、立ち止まって、

「子供が、熱出して……お医者さまを、呼びに……」

息を切らして答えた。よほど悲愴な顔をしていたのだろう、配達人は驚いて、

「そりゃ大変だ。すぐ電報を……いや、じゃなくて僕が呼びに行ってくるから、奥さん、家に帰っててください。先生連れてすぐ戻ります」

行きかけて、「そうだ、これ」と斜めがけにした配達袋から電報を取り出してチヤに渡す

と、大急ぎでペダルをこいで自転車を走らせていった。

肩で息をしながら、チヤはすぐに電報の紙片を広げて読んだ。

『アス　ゴッホニアイニイク　シコウ』

今日の日付。朝一番で打電されたものだった。

――明日、ゴッホに会いに……。

電報の短い文面に、棟方の舞い上がりそうな息づかいが感じられた。

〈ひまわり〉の実物を見る。それは棟方の見果てぬ夢のひとつであった。それが明日、とうとうかなうのだ。

チヤは弾けるように駆け出した。いま来た道を無我夢中で戻った。

ああ、神さま。仏さま。

ゴッホさま。

どうか、お願いです、ちよゑを助けて……！

医師がちよゑを診察するあいだじゅう、息を詰めて見守りながら、チヤは心の中で神仏に祈り続けていた。〈ひまわり〉に向かって叫び続けていた。――どうか助けてくださいと。

聴診器を診察鞄にしまってから、白衣の医師はチヤに向き合うと厳かに告げた。

「お子さんは大変危険な状態です。このまま熱が下がらなければ、命にかかわる。おそらく、今夜が峠かと……」

チヤは目を見開いた。

死んでしまう？　……ちよゑが？

──まさか、そんな……。

「ご主人はご不在と伺いましたが、すぐに電報を打ってください。一刻も早く帰ってくるように……」

チヤは首を激しく横に振った。

「できね……できねです。うちの人はいま、京都にいるんです。明日、大事なだいじな人に会いにいくんです。帰ってこいなんて、言えね。そったこと……」

「その人は」医師が鋭い声でさえぎった。

「自分の子供よりも大事な人なんですか？」

チヤは一瞬、呼吸を止めた。医師はそれ以上何も言わなかった。

白衣の背中を見送ってから、チヤは力なく家の中へ引き返した。

玄関から続く三畳で、巴里爾が木片を積み上げて遊んでいる。その相手をしていたけようは、母の蒼白な顔を見て、不安げな声で問うた。

「おかあさん。ちよゑちゃん、死んじゃうの？」

チヤは弱々しく微笑んで答えた。

「そったことは、ね。……守られてるんだもの」

そして、壁に貼ってある〈ひまわり〉に視線を投げた。絢爛と咲き乱れるひまわりの花に、全身を波打たせて板を彫り込む棟方の姿が重なって見えた。

チヤは〈ひまわり〉を壁からはがして手に取った。そのままちよゑを寝かせている部屋へ行き、後ろ手にふすまを閉めた。

幼な子はいよいよ真っ赤な顔をして、苦しい息をつないでいる。その呼吸はもういつ止まってもおかしくはないのだ。

チヤはちよゑの枕もとに正座して、どうすることもできず、ただじっと我が子をみつめるほかはなかった。

明日にでも逝ってしまうかもしれない。こんな小さな子が、苦しみ抜いた末に、たったひとりで。

それなのに、この子の父親は——。

チヤは目の前に両手で〈ひまわり〉をかざした。震える指先に力を込める。ひと思いに破り捨てようとした。——が、できなかった。

——許してください。

口の中でそう唱えた。誰に、何を許してほしいのか。自分でもわからなかった。

〈ひまわり〉をちよゑの枕もとにそっと置いて、チヤは立ち上がった。玄関へ行き、下駄を突っかける。けようが追いかけてきた。

「おかあさん。どこ行くの？」

泣き出しそうな声。チヤは振り向くと、精一杯の笑顔を作ってみせた。

「パパにお手紙出してくるよ。待っててね」

チヤは走った。郵便局へ。

どうか――ああ、どうか。

ちよゑを遠くへ連れていかないでください。

私は、ひどい母親でした。いままでずっと、子供たちにまともなものを食べさせてあげられなかった。

あの人のそばにいたくて、一緒に暮らしたくて、苦しい暮らしになるとわかっていて、押しかけてしまった。

無理ばっかりの生活で、家族みんなを苦しめてしまった。

どうか許して。許してください。

どうしても連れていくならば、あの子じゃなくてこの私を。私の命を捧げます。

だから、どうかお願いです。

ちよゑを助けてやってください。

『チヨエビヨウキオモシ　スグカエレ』

チヤは電報を打った。

明日、ゴッホに会いにいくと胸躍らせている夫に向けて。


夢を見ていた。

黄金色の麦畑の中の一本道を、棟方とふたり、どこまでも歩いていく。

目の前には夫の背中が見えている。まぶしい白いシャツ、汗ばんだ背中。吹き渡る風の中で笑っている。とてもうれしそうに。

そこで、目が覚めた。

枕が湿っている。指先で自分の頬を触ると、濡れていた。

夢の中で棟方は笑っていた。それなのに、自分は泣いていたのだろうか。

そうだ。自分は泣いていた。——幸せで、幸せすぎて泣いていたのだ。

現実は……そうではないけれど。

丸二日、寝ずの看病で疲れ果てていた。それで、明け方に眠りに落ちてしまった。

遠くへいきかけている幼い命をどうにか繋ごうと、ちよゑの手をしっかりと握ったままで。

火のようにほてっていた小さな手——。

はっとして、かたわらのちよゑを見た。

——ちよゑ……?

ちよゑは、生きていた。

すやすやと安らかな寝息を立てている。チヤは、震える手をちよゑの額に当ててみた。熱は下がっていた。チヤは大きく息を放った。同時に、こらえていた涙がどっとあふれ出た。

――ああ……よかった……！

いまは淡いばら色に変わったちよゑの頰の上に、枕もとの〈ひまわり〉の上に、チヤの涙がぽたぽたと落ちた。

――と、そのとき。

ガラガラッ。玄関の戸が勢いよく開く音がした。

「ちよゑ！」

呼びかける声。棟方の声だ。次の瞬間、ふすまが左右にばっと開いて、疾風《はやて》のように棟方が飛び込んできた。

「ちよゑ、ちよゑ！　パパだぞ、パパ帰《け》ってきたぞ！　ちよゑ、死ねばまいね、まいねぞ！」

夢中でちよゑを抱き起こそうとする棟方に、チヤはしがみついた。

「パパ！　……ちよゑは大丈夫なの！　助かったんだよ！」

棟方は顔を上げた。汗と涙でぐしゃぐしゃになった情けない顔。それでもチヤには愛おしい、隅々までが愛おしい顔だった。

「ほんにが？　ほんにが？　ああ、えがった……えがった、ちよゑ……ああ、ほんにえがった……！」

棟方は泣いた。うれし泣きだった。チヤも一緒に涙を流した。安堵の涙だった。

ゴッホに会いにいくはずの日に、夜汽車を乗り継ぎ、こうして帰ってきてくれた。それが申し訳なくて――けれどうれしくて。


その夜、棟方はチヤに告げた。

――ワだば、決めた。

家族全員、元気でいる。ワとおメと、一緒に長生きする。

そしていつか必ず、ふたりで会いにいこう。

本物の〈ひまわり〉に。――ゴッホ先生に。

一九三七年（昭和十二年）四月 東京 中野

――一九三九年（昭和十四年）五月 東京 中野

10

チヤが墨を磨っている。

夜、家族が寝静まったあと、着物の袖にたすき掛けし、居間のちゃぶ台に大型の硯をどっしりと据える。太墨をしっかりと握って、さあ「棟方墨製造工場」の始動である。

日中は夫と子供たちの世話や家事で手一杯だから、墨作りは必然的に夜になる。墨はいまや版画家・棟方志功にとって重要な作品の一部である。しかも大量に必要だ。どんなに疲れていても、いちにちの最後にこの仕事を怠るわけにはいかない。

コリコリと墨を硯の上で往復させる規則正しい音。なんとも清々しい馥郁《ふくいく》とした香りが立ち上ってくる。何かと忙しいチヤにとって、このひとときだけが無心になれる時間でもあった。そして墨を磨ることは、すなわち棟方志功の創作を支えることとなのである。そう思えば、自分も夫の創作にほんの少しだけ参加している気持ちになって、自然と背筋が伸びる。

墨を磨りながら、チヤの胸に去来するのは、この一年ほどのあいだの思い出――「奇跡」

としか呼べないような出来事の数々である。

国画会の会場で柳宗悦と濱田庄司によって「棟方志功」が発見された。その出会いからして、奇跡とか運命とか、そういう言葉を使うほかはないものだった。

もしもあの日、棟方が展示の手伝いに行っていなければ……あのとき、棟方が〈大和し美し〉は額装四点でひとつの作品なんだと言い張らなければ……棟方と展示係員が言い争っているとき、偶然、柳と濱田が廊下を通りかからなければ……どれひとつ欠けても奇跡は起こり得なかっただろう。

柳たちは、自分たちで見出した棟方志功というとてつもない原石を磨いて世に送り出してやろうと意気込んだ。

そのために、彼らはまず論陣を張って棟方を擁護し、筆の力でこの新人を推し出した。また、仲間内で後援会を組織して会費を集め、経済的にも棟方を支援した。さらには棟方にとって有益だろうと思われる知識人や宗教人を紹介した。そのすべてが版画家・棟方志功を伸びのびと育てる太陽となり、深い人間性を育てる慈雨となり、自由に表す心を鼓舞する風となった。

柳、濱田、河井の三先生を得ただけでもじゅうぶん過ぎたのだが、彼らは、棟方がおのれの核となる思想とそれにつながる主題を得ることができたら、この先もっともっと枝葉を伸ばして花を咲かせ実を結ぶに違いないと予見したようだった。

棟方は柳たちの計らいで幾人かの知識人と交流をしたが、中でも水谷良一《みずたにりよういち》との出会いは大きかった。内閣の官僚だった水谷は、大変な博識で、仏典や漢学にも通じた教養人であり、茶道や能なども嗜む趣味人でもあった。彼は棟方の無邪気な人柄と健全な美をたたえた作風に強く惹かれたようで、自分の知識が彼の創作のためになればと、惜しみなくそれを共有してくれた。彼のおかげで棟方は仏典や能楽の世界に引き込まれてゆき、そこに次なる創作の緒《いとぐち》をみつけるようになった。水谷のような人物とは、柳の紹介でもなければ生涯接することなく終わったことだろう。

柳たちの後ろ盾を得てからの棟方は変わった。棟方本人ばかりではない。一家の生活が劇的に変わったのだ。

棟方一家は食べるのに困らなくなった。チヤは米や味噌の残りがあとどれくらいかもう考えなくてもよくなった。子供たちの口から「お腹が空いた」という言葉が消えた。墨代、紙代、版木代を捻出するためにやり繰りしなくても大丈夫になった。どん底の窮屈な暮らしから抜け出した、そのことがどれほど棟方を楽にさせたことだろう。チヤにはそれがいちばんうれしかった。

それまでの棟方は、自分が版画の道を突き進めば突き進むほどチヤや子供たちを苦しめてしまうことをよくわかっていた。それでも進まないわけにはいかないのが版画家としての業だった。チヤもまたそれをよくわかっていた。もしかすると、棟方以上に。だから、家族がひもじい思いをしなくてすむようになれば、夫の仕事はますます力を増して、いっそう輝くだろうと思っていた。

はたして、チヤが想像した通り、棟方の版画は加速度的に力と輝きを増した。

柳たちと出会った半年後に日本民藝館が開館したというのも、棟方にとっては大いなる追い風になった。

新しく開設された美術館は、収蔵品を展示するだけでなく、柳たちが見出した民藝の作り手や民藝的な精神を宿した作者の新作を発表する場となり、それらの作家作品をめぐって活発に議論し、交流する会場ともなっていった。


一九三六年（昭和十一年）十月二十四日、東京・駒場に日本民藝館が開館した。館長には柳宗悦が就任し、開館に向けて収集されてきた作品がお披露目されたが、中でもひときわ異彩を放っていたのが、棟方がこの日のために創作した新作版画〈華厳譜〉二十三点の圧巻の展示であった。

京都の河井寛次郎の工房でしばらくのあいだ河井の仏典講話に接した棟方は、自分が求めている版画の題材が仏の教えにあるのではないかと思い始めていた。そんな折、同じ年の六月に知り合った水谷良一に仏典「華厳経」について聞かされ、はたとひらめいた。

棟方は水谷が説いた仏典の意味を完璧に理解したわけではなかった。それでも、後からあとから彼の脳裏には異形の神仏が舞い降りてきて、もう止まらなくなってしまった。毘盧遮《びるしゃ》那仏《なぶつ》、釈迦如来、普賢菩薩、大日如来、日神《ひのかみ》、女神《おんながみ》、山神、風神……日は昇り、また日が沈む大宇宙の森羅万象にあって、棟方の中では神も仏も鬼も混沌として沸々とたぎり、異なる形《ぎょう》と美なる飾を持って板上に立ち現れた。めくるめく神仏の出現に、これはいままでとはまったく違うものが出来上がるだろうと、チヤも側目で予感した。

民藝館での初披露、その出来映えに誰よりも満足したのは柳宗悦だった。彼は声を弾ませて棟方に言った。

――なんという輝き、なんという力だ！　こんなにも粗削りで根本的な美をもろに突きつけてくるとは！

チヤが先生方の棟方讃美を肉声で聞くことはそうそうなかったが、日本民藝協会が出版している機関誌「工藝」で「棟方志功特集」が組まれたとき、彼らの寄稿によって、夫がどれほど熱い支援を受けているか、文字面を追うだけでも痛いほど伝わってきた。河井寛次郎は同誌に「棟方君」と題した公開書簡のような文章を寄せていて、これがひときわチヤの胸を打った。

――君の近業華厳譜の挿絵になる十枚が届いた。久しく逢わない君に、今まざまざ逢っているような思いがする。…君のものを見ていると、人がかつて山野を馳けまわっていたときの荒魂が頭をもたげる。君は確かに人々の中に隠れている荒魂を呼び返す人だ。…君の華厳譜が仏画になるとかならぬとかいうことは問題ではない。吾々はここに現れた生きたものが大事なのだ。…君はかつて五本の指でなく鬼のように三つの爪でやるような仕事がしたいといった。この願いは明らかに形を持って来たようだ。

また、濱田庄司が書き綴った文章も、チヤの胸の奥深く刺さった。

――今度の民藝館へ出した大作「華厳譜」には感心するというより寧ろ私は驚いた。…仏体や神像を手掛けて今の作家がこれだけ優れた結果を得ようとは思いがけなかった。…私には今の仕事が次々に生まれるのを楽しみに待つ心だけで、棟方君にちょっと注文のつけようがない。なかなかのことではこの持ち前のよさは磨り減らないだろうと思う。

そして、柳宗悦の文章がとどめとなって、チヤは感動の涙を抑えきれなくなってしまった。

――棟方の作物には自然の叫びが直に聞こえているのだ。多くの者が失ってしまったものを未だに有っているのだ。或る者から馬鹿に見られたのも道理である。だが吾々にはそこが驚きなのだ。…その美しさには本質的で根源的なものがあるのだ。なにもかも分かり切った心得た美しさではない。何だかわけの分からぬ泉から生まれてくるのだ。

見てみたい、とチヤは思った。これほどまでに先生方の心を揺さぶった夫の新作が、日本民藝館の大広間の壁一面に飾られているのを。

日々棟方のそばでその仕事ぶりを見守っているチヤは、もちろん誰よりも先に新作を目にしている。完成した作品を見るばかりではなく、その過程のすべてを目撃している。もっと言えば大河のごとき創作の最初の一滴である墨を磨ってもいる。しかし、大河が流れ着く先の大海原——展覧会場に足を運んだことはなかった。

妻は家庭にいるべきもの、表舞台へしゃしゃり出るなどあってはならない。目の離せない子供たちもいる。こっそり見にいくことすらチヤには許されなかったのだ。

棟方は、日本民藝館がどれほど立派な美術館か、また、そこに自分の作品が収蔵され、展示されたことがどれほど誇らしいことか、それはうれしそうにチヤに語って聞かせた。チヤもまた誇らしく、うれしく思った。同時に、正体不明の感情のしずくがぽつりと落ちてきた。なんだろう、さびしさに似ているような。

棟方はチヤに、民藝館へ行こうとも、行っておいでとも言わなかった。後ろ盾を得たとはいえ、棟方志功はまだまだ版画家としては道半ばである。意気揚々と妻を伴って民藝館へ行ったりすれば、先生方の目には新人のくせに鼻高々の天狗になったと映るかもしれない。チヤがひとりで行くとなったら、その間三人の子供たちの面倒を自分が見ることになり仕事が止まってしまう。どう考えても無理だとわかっているので、棟方はチヤを誘うことも促すこともできないのだ。

チヤの心に落ちてきた雨だれはすぐに消え失せた。立派な美術館で棟方の作品が堂々と展示され、それを多くの人たちが見て感心し、喜んでくれている。それを知ることができた。

それだけで、もうじゅうぶんだった。

日本民藝館が開館した翌年、棟方の新たな挑戦が始まった。

柳宗悦たちと知り合って以降、生活も仕事を取り巻く環境も人間関係も整ってきていた。が、浮かれてばかりもいられない。むしろここからが勝負である。物心ともに棟方志功を支えようと約束し、実際に行動してくれた先生方の期待にどうあっても応えなければならない。棟方は〈大和し美し〉〈華厳譜〉を超える大作に挑もうと心に決めていた。

ある日のこと、いつものようにチヤは台所で朝餉の支度をしているところだった。味噌汁に入れるネギを刻んでいると、背後に人が立つ気配を感じた。振り向くと、すぐ後ろに棟方が立っていた。食事の仕度中に台所に来ることなどめったにないので、チヤは驚いて思わず「ひゃっ」と声を上げてしまった。

「どしたの？　急に……」

棟方は無言でチヤの包丁を握った手もとをじっと見ている。

「包丁がどうかしたんだか？」重ねて訊くと、

「違う」と即座に答えた。そして、

「――まな板……」

とつぶやいて、奪い取るようにしてまな板を両手に取った。刻みかけのネギがぱらぱらと全部土間に落ちてしまった。

「あぁっ、なんてことするんだが！」

チヤはあわててしゃがんでネギをかき集めた。棟方はお構いなしで、手にしたまな板を顔に近づけたり、表裏をひっくり返したり、指先で弾いたりしている。それから、

「チヤ。このまな板どごで買ったんだ？」

そう訊いた。チヤはきょとんとして、

「中野の駅前の荒物屋だけど……」

答えると、棟方はまな板を手に持ったまま、下駄を突っかけて出ていってしまった。チヤはぽかんとするばかりだった。

それから半月ほど経った頃、大八車に載せられて六十枚のまな板が届けられた。チヤはまたあっけにとられた。棟方はほくほくとうれしそうにしている。

「こぃに版画彫るんだ」

「え？」とチヤは聞き返した。

「版画彫る、づで……そぃはまな板でねが？」

「わがってる、わがってる。ばって、こぃがちょうどいいじゃ」

棟方と一緒になって七年になる。それでもまだ棟方が何をしようとしているのか、何を考

えているのかわからなくなることがある。

——君には何をしでかすかわからないこわさと面白さがある。

いつだったか、そんなことを柳先生に言っていただいたと棟方がうれしそうにチヤに打ち明けたことがある。「とんでもない作家だ」と柳は言っているわけだが、「そこがいいんだ」と誉めてもいる言葉だ。まだそう深い付き合いでもないのに、的確に短い言葉で棟方志功とはどういう作家なのかをスパッと表している。柳先生はすごいな、とチヤは感嘆したものだ。

〈華厳譜〉に続く作品として、棟方は前代未聞の大作の構想を固めていた。題名も決めてあった。〈開闢譜《かいびやくふ》東北経鬼門版画屏風〉という。

もとより、「東北経」などという経典は存在しない。棟方が祈りを込めて作った造語である。「鬼門」は、「大和し美し」の作者、佐藤一英が書いた詩の題名で、この詩の中で東北の飢饉の凄惨さが切々と謳われている。

そもそも、「鬼門」とは鬼がやって来る方角——つまり東北の同義語である。棟方は、人々が鬼門と呼んで忌み嫌う方角・東北に暮らす人々を、仏神を版画に描くことで救えまいかと考えた。そのためには、人々の祈りを引き受けられるよう巨大な一幅の絵として仕上げなければならない。そして壁のない場所であっても立てられるように屏風仕立てにしたい。御仏を中心に置き、そこから左右へ。仏から菩薩、菩薩から羅漢、羅漢から行者、行者から人間、人間から人間未満のものを一番外側に置くようにと構成を決めた。

「――百二十枚⁉」

複数の版画を合わせて一枚の巨大な版画を作る――と棟方に聞かされた松木が、「何枚くらいで作るんだ？」と尋ねたところ、とんでもない答えが返ってきた。

ちょうどチヤが徳利に熱燗をつけて運んできたところだったので、チヤまで一緒にびっくりしてしまった。

「……って、おメ……一枚の版木から同じ版画を百二十枚摺る……ということではねんだよな？」

松木の問いに、棟方は首を横に振った。

「うんにゃ、違う。六十枚のまな板……でねぐで版木、裏表合わせで百二十枚。全部違う絵、彫って、摺る。で、最後さ全部合わせて、一枚の大きい大きい絵にするんだ」

版木として使うまな板の大きさは、天地約二四センチ、幅約四〇センチ。六十枚の版木を並べて下絵を描き、一枚ずつばらして彫って摺る。版木の裏面も同様にもう半分の下絵を描いて彫って摺り、百二十枚の版画にする。貼り合わせるのは表具屋に任せて出来上がりを待つ。最後に、巨大な一つの版画が出来る。仕上がりの大きさも試算した。天地約一八〇センチ、幅約一〇〇メートル。

「――じゅ……一〇〇メートル⁉」

松木は開いた口が塞がらない。棟方のとんでもない計画を、チヤもそこで初めて知った。

棟方は、完成した一対の屏風が目の前にあるかのように、身振り手振りを交えて、それがどんなものかを熱心に語って聞かせた。

「もう仕上がりもワァには見えでらんだ。左右の屏風の両端は真っ暗、端っこから真ん中さ向かってだんだん光浴びて、真ん中にはどっしりと太陽のように偉大な鬼門仏が座ってら。光はその仏から発せらぃでら。仏の体はふたつの屏風の真ん中にあって、そこで真っ二つに分かれる。つまり、鬼門仏自体、自分の体破《わ》って、あらゆる悪霊を通してまる。そったわけだ。どだべ、マツ。すごぇだろう？」

松木は両腕を組んで唸った。チヤは、一〇メートルと言われてもぴんとこない。しばらくして、松木はこらえきれないように笑い出した。

「ったく、おメはなんでそったらに面白《おもへ》いじゃよ！」

東北という地の宿命ともいえる災厄をすべて引き受ける「鬼門仏」。それを一双の屏風のちょうど真ん中に来るように配して、仏の体を真っ二つに破ってしまう。そうすることで悪霊を退散させるという大胆な構図を成功させるには、圧倒的な絵の力と大きさが必要だと棟方は考えた。

効果とか出来栄えとか、枠に収めるとか美しく展示するとか、そんなことは二の次だった。とにかくこの作品を完成させる、そうしなければ次の段階へ進めないと心を定め、綿密に構図を検討し、下絵を準備し、彫りにかかった。

なにしろ全長一〇メートルに及ぶ大作である。百二十枚の版木も、やっていることのつじつまも、最後はきっちり合わせなければならない。神経をすり減らす作業になるが、大胆さを忘れてしまっては思い切りよく挑めない。実にじつに難しい作業をそれでもやり抜こうと決めたのは、故郷である東北への深い祈りがあってこそだとチヤにはわかった。

おそらく棟方の胸には、貧しさのどん底で命尽きた母、最期に会うことなく逝った父への追悼の思いもあったことだろう。全部、ぜんぶこれでかたをつける。そんな気持ちもあったかもしれない。そして、いまでは師と仰ぐようになった柳宗悦の期待に応えたいという一心も、創作の炎をたぎらせる薪になっていた。

チヤは夫の仕事に足並みを合わせ、必死に墨を磨った。磨り続けた。部屋中に張り巡らされた紐に、次々と摺り上がった版画が吊り下げられ、家族の頭上で揺れていた。菩薩、羅漢、行者、人間、真っ黒な体の童女と童子。そして鬼門仏。黒と白が鮮やかに交差し、紋様が綾になって紙の随《まにま》に浮かんでいる。このすべてがやがて連なり、大きな一枚の絵になるのだ。

いったいどんな絵に？　そうなったところを、最後の最後に完成した作品を見てみたい。が、やはりそれはチヤにはかなわないことだった。

ようやく百二十枚の版画が摺り上がった日、棟方は大喜びで、柳に「摺り上がりました」と電報を打った。そしてすぐに屏風に仕立てるために、表具師のもとへと棟方がすべての版画を持ち去った。チヤはまたそれを見送ることしかできなかった。夫の祈りが通じますようにと願うばかりだった。

一九三七年（昭和十二年）十月二十三日、日本民藝館主催の「民藝館秋季展」が銀座の鳩居堂のホールで始まった。〈東北経鬼門版画屛風〉はそこで初披露されることになっていた。棟方はこの日のために新調した背広をぱりっと着こなして、別人のように立派に見えた。

「へば、行ってきます！」

はつらつと出かけてゆく夫の後ろ姿を、チヤは三人の子供たちと見送った。

ところが——。

「……ただいま」

その日は展覧会開催記念の夕食会があるから遅くなると言って出かけた棟方は、チヤが夕餉の支度にとりかかる時間にはもう帰ってきた。展覧会で何かあったのかと訊いても、苦笑いをして「うんにゃ、なんも」と答えるだけ。これは何かあったな、とチヤは勘づいた。

子供たちを寝かしつけてふたりきりになってから、ようやく棟方はその日何があったのか、ぽつりぽつりと話し始めた。

〈東北経鬼門版画屛風〉は、狙った通りに圧倒的な出来栄えだった。会場の人々はとにかくその大きさに度肝を抜かれた。一見して誰もがこの六曲一双の屛風が版画とは思わないようだった。版画は小さいもの、というのがほとんどの人にとって常識だったから、まさか百二十枚の「まな板」大の版画が繋がって一枚の絵になっているとは想像できなかったのだろう。

ついに版画が絵画を超えた……！

棟方は意気揚々としていた。そして、屛風の前で腕組みして眺めていた柳宗悦をみつけ、あいさつをしにいった。柳は、やあ、といつものように快活に応えたが、そのあとがいつもと違っていた。

——棟方君。なぜふたつの屛風の真ん中に御仏《みほとけ》を配置したんだ？

当然褒めてもらえると思い込んでいた棟方は、柳の声色に不満があるのを敏感に察知した。

言下に彼は答えた。

——それは、その……鬼門です。鬼門の道を、屛風の真ん中に通したのです。真ん中におわすのは、鬼門仏です。御仏は自分の体を破って、悪いものを全部、自分の中へ通して外へ追いやるんです。そぇで、鬼門仏を真っ二つに破るために、屛風の真ん中に、こう、座らせて……。

そこで柳が棟方の言葉をさえぎった。

——仏の顔を真っ二つに破るとはなあ。のんきな話だ。だいたい、鬼門仏とはどういうものなんだ？　私は知らないが。

棟方は背筋がヒヤリとするのを感じた。汗が噴き出し、ポケットからチヤ手製のハンカチーフを取り出して拭いた。

柳は棟方を伴って屛風の端から端までつぶさに見ていったが、そのあいだじゅう、棟方は、この作品が「大和し美し」と同じ作者、佐藤一英の詩「鬼門」に着想したものであること、自分の故郷・東北が度重なる飢饉と天災で人々が苦しみ続けてきたこと、その苦しみの一切を引き受ける鬼門仏を表していること、つまりは自分の祈りが込められた一作であることなどを、身振り手振りを交えて一生懸命に説明した。柳は黙したままだった。

最後に全体を見渡して、並々ならぬ力作だね、と柳はひと言でまとめたうえで、

――両端の人物群がとてもいい。三幅対の軸に仕立てたいから、抜き摺りにしてくれないか？　民藝館にはこの六曲一双と抜き摺りの両方を収めることにするから。

唐突な注文に棟方は驚きを隠せなかった。が、おとなしくそれをおしいただいた。

次の仕事にかかりますから、と言って、夕食会には参加せず帰宅した。どうやって家路をたどったのか覚えていないほど、帰り道は頭の中が真っ白だった。

「――ワっきゃ、いい気になってあったよ」

肩を落として、棟方はチヤに打ち明けた。

「何作っても、柳先生はきっと喜んでける、褒めてくださると、ワっきゃ思い込んであった。東北への祈りだとか、自分勝手さ鬼門仏作るだとか、そったことはもっと修業積んでからやるべぎことで、いまはまだそうでね、いい気になるな、づで、先生は言いてんだど……わかったよ」

チヤには夫を励ます言葉がなかった。完成した〈東北経鬼門版画屛風〉が、いったいどん

なふうに柳や来場者の目に映ったのか、自分は見ていないから想像もつかなかった。

ただ、摺り上がった版画が次々と部屋の中に干されて並んでいたとき、真っ黒い体の人物像があったことはよく覚えていた。ふっくらした頰の童女は、無垢な表情で何かを一心にみつめていた。「これがいちばんいい」と柳が言ったのはわかる気がした。そして、棟方が少々いい気になっているのを鋭く見抜いた柳の眼力に、チヤもヒヤリとしたのだった。

版画家・棟方志功の闘いはまだ始まったばかりである。心しなければ、とチヤは気持ちを引き締めた。

棟方の背後の壁には〈ひまわり〉が相変わらず貼ってある。チヤは夫の肩越しに、手垢で汚れ、よれてふやけた黄色い花々の顔をじっとみつめた。

この道は易からず。険しく、また果てしない。ただ夫につき従っていくだけではだめなのだ。

守らなければ。どうあっても、この人を支えなければ。

疲れ果てた棟方が子供たちとともに眠りについた。チヤは床を抜け出し、寝室のふすまを後ろ手に閉めると、居間の明かりを灯した。

紐で寝巻きにたすき掛けをし、ちゃぶ台の前に座る。目の前に硯を据え、太墨を握って、静かに磨り始めた。

たやすくはない道。到達点はまったく見えない。

けれどいまさら、どうして立ち止まることができようか？
進むしかない。
私が後押しをする。そうして、どこまでも進むのだ。

11

チヤが熱燗をつけている。

火が入ったかまどの上に鍋を据え、その中に湯を張って、何本もの徳利が肩を並べている。なんとも贅沢なことに、徳利の作者は濱田庄司、富本憲吉、バーナード・リーチ。李朝の白磁もある。下戸の棟方がこんなに立派な徳利を買い揃えられるはずもなく、すべてこれまでに民藝館の先生方が持ち寄ってくださったものだ。

「わあ、素敵。こったきれいな徳利はどなたのものなの？」

手伝いにきている松木量が、ひょうたん形の色徳利を湯煎から引き上げて、目の高さにちょいと持ち上げて尋ねた。

「そいは富本憲吉先生のだよ」

空になった白磁の徳利に一升瓶の酒を注《つ》ぎ足しながら、チヤが答えた。

「こいは李朝、刷毛目の徳利」

「あらあ、チヤさん、よぐ知ってるね。スコさんはお酒、全然飲めねっつのに」

客人到来のたびに熱燗を用意して、いつのまにか覚えてしまった。徳利ばかりではない。いまや棟方家の台所の食器棚には姿のよい器がずらりと並んでいる。先生方がお持ちくださったものもあるが、この二年余りで棟方がコツコツと買い揃えてきたものがほとんどだ。野草を食卓に並べても喜んで食べてくれた棟方だったが、好きな器に盛り付けられた菜はことさら喜んだ。そういうことができる暮らし向きになってきたことが、チヤにとってはなんと言ってもありがたいことである。

出入り口に下げた暖簾《のれん》を割って、棟方が顔をのぞかせた。

「おい、女子衆《おなご》。酒、まだか。水谷先生、メートル上がってら」

「はいはい、いま持っていきますよ」

徳利を載せた盆を捧げ持って量が出ていき、入れ違いに棟方が入ってきた。水瓶から柄杓《ひしやく》で水を汲み、湯呑みに入れて一気に飲み干す。それから手にした湯呑みをまざまざと眺め、つぶやいた。

「はあ、濱田先生の湯呑みで水を飲む日がくるとは、ったく、思わねかったなあ」

「ほんとだね。ありがたいことです」とチヤは微笑んだ。棟方は湯呑みを窓枠に置くと、それに向かって両手を合わせた。

居間の方ではどっと笑い声が上がった。チヤは棟方の背中をやさしく叩いて促した。

「さ、行かねば。今日はおメさが主役だはんで、あんまり長《なげ》ぐ席外せばまいねよ」

「うん。だどもなあ……」

棟方は、遠い目をして湯呑みを見るともなく見ている様子で言った。

「ここさ一番いでほしいマツが、ここさいねのはなんともおかしな感じがしてなあ」

「電報、打ったんでしょうな？」

「ああ。ばって、パリだはんでな。そった遠ぇところへ届いたがどうか……」

「まさが、ほんにパリさ行ってまるなんてね……」

そこへ量が戻ってきた。ふたりがやけに遠い目をしているのを見て、「どうしたんだが？」と訊いた。棟方は我に返って訊き返した。

「量さ。マツはほんとにほんとに、パリさいるんだが？　ほんとは青森にいるんでねが？」

棟方が真顔で言うので、量は笑い出した。

「何しゃべっちゅのよ。パリがら手紙も来たでしょ？　おがげさまで日々勉強してら、って」

その年、松木一家は長年慣れ親しんだ中野から郷里の青森へと転居した。松木の宿願であったパリへの渡航の準備が整ったからである。

家族を実家に預け、九月、松木満史はついにパリへ渡航を果たした。量は子供とともに約一年間、夫の帰りを待つことになったが、この日は子供たちの世話を義母に頼み、わざわざ棟方夫婦のもとへ「夫の代わりに、お祝いとお手伝いを兼ねて」駆けつけてくれたのだった。

松木は油絵一筋に絵筆を重ね、その頃すでに国画会の常連になっていた。同郷の支援者もいて、絵もまずまず売れていたので、パリ行きの夢を現実にするために準備をコツコツと続けてきた。

パリ！　憧れの芸術の都、パリを夢見ない画家はいない。もちろん棟方も例外ではなかった。息子に巴里爾と名付けたし、けようが生まれたときには「パリふうに」育てたくて、「パパ」「ママ」と呼ばせたりした。それにあのゴッホの墓所もパリ近郊にあると聞く。ひょっとすると松木以上にパリへの憧れは強かったが、先立つものがない上に、版画の大海原に飛び込んでからはそれどころではなくなってしまった。だから松木のパリ行きを人一倍応援したし、出立に際しては、とうとう恩返しができるとありったけの餞別《せんべつ》を渡した。必ず便りをよこすとの約束だったが、なかなか手紙が届かず、半月ほどまえにようやく「元気でやっています」と短いハガキがきて、ほっと胸を撫で下ろしたのだった。

しかし欧州の情勢は怪しい雲行きであった。一九三六年にスペイン内戦が勃発、その翌年には地方の小村ゲルニカがナチス・ドイツ軍の空爆を受けた。今年になってからはドイツがオーストリアを併合、欧州の覇者となるべくナチス＝ドイツのヒトラー総統は虎視眈々とパリを狙っている。いつ何時、戦争が仕掛けられるかわからない。そんな一触即発の状況下であるにもかかわらず、松木は己れの願望を貫いてパリへと渡ったのだ。

もっとも、日本の情勢は安泰かといえばそうでもない。前年、盧溝橋事件を発端にして日中戦争が始まった。中華民国に対する侵略行為だと、日本は国際連盟で非難決議されるも、その後も上海、南京を占領し、日本の支配下に置いた。軍靴の響きはアジア一帯でも高鳴っていた。

そんな中で、この日、棟方家では祝賀会が開かれていた。自宅で祝いの宴を開いたのはこれが初めてのことである。

四年まえ、食卓には野草が盛り付けられた皿が上がり、松木が来れば白湯を出すしかなかった。「あの頃、こった日が来るとは想像もできねがったね」とは、量の言葉である。

この年の秋、旧官展が再編成された新文展の版画部門に、棟方は、日本民藝館の春の展示で初披露した新作〈勝鬘《しょうまん》譜《ふ》善知鳥版画曼荼羅〉を出品。なんとこれが官展始まって以来の特選を得た。

この吉報に棟方の支援者は大いに沸いた。能の謡〈善知鳥〉を主題に据えてみないかと棟方に勧めたのは、柳が紹介した水谷良一だった。

〈東北経鬼門版画屛風〉では手厳しい意見だった柳宗悦は、棟方への期待を失くしたわけではなかった。棟方作品にある野性的で自由闊達な「美」は揺るぎようもないと、そこは信じて疑わなかった。しかし、「東北のために祈りを捧げる」というような観念的なテーマが先行してしまうのを柳は嫌ったのだ。

棟方の潜在的な美の感性をさらに引き出すためには、新たな課題を与えて励ますのがいいだろうと柳は考えたようだ。近々取り組むべき課題として、「伝教大師像」「釈迦十大弟子」、それに能の謡曲から何かひとつをと、棟方のもとに柳から指令が飛んできた。前者ふたつについては自分の持っている経本や仏画の写真などを貸し出そう、能については水谷良一が詳しく、彼は自分で謡いも仕舞もやっているから教えてもらうといい。版画の題材としては前例がないから挑戦のしがいがあるはずだ——との提言だった。

柳の申し出は願ってもないことだった。新しい趣向の主題を見出すことは、型破りの版画創作に挑戦し続ける棟方にとって喫緊の課題であった。

さっそく棟方は三つの課題を同時に検討し始めた。最初の二つは資料もあるし、自分なりに仏典をかじってもいたから、とっかかりはつかめそうだ。問題は三つ目、能である。実際に観たこともないし、どういうものなのかさっぱりわからない。確かにこれまで版画の題材になったことはないようだが、そうやすやすと着手できるようなものではなさそうだ。——さて、どうするか。

この難しい課題に踏み込むべく、棟方は代々木にある水谷の住まいへ出向き、教えを乞うた。自分は能をからきし知らない、何にどう取り組むべきでしょうか？　と。

水谷はすでに心得ていて、棟方の郷里・青森ゆかりの「善知鳥」はどうだろうと提案してくれた。

善知鳥——青森市は、かつて「善知鳥村」と呼ばれていた。その発祥と伝えられている場所に善知鳥神社があり、棟方の生家はそのすぐ近くで、子供の頃から「うとうさま」と呼び親しんできた。また、チヤとふたりきりで結婚を神前に誓ったのも善知鳥神社である。馴染みのある題名を聞いて、棟方の好奇心はたちまちとらえられた。

善知鳥という名の海鳥がいる。伝説によれば、親鳥は雛のために餌を運んでくると「うとう」と鳴いて呼びかけ、砂中に隠された巣で親鳥を待つ雛は「やすかた」と鳴いて答えると言われており、親鳥の鳴き声を真似て猟師は雛を狩る。猟師に連れ去られた我が子を取り返そうと親鳥は血の涙を流して追いかける。その涙が一滴でも体にかかると、猟師はたちどころに幽鬼に変えられてしまう。謡曲「善知鳥」は、旅の僧が幽鬼に変えられてしまった猟師に出会い、血の涙を避けるために身につけていた蓑笠を預かって、夫の帰りを待ちわびている妻子に届けにいく——という物語だ。水谷は棟方にあらすじを語って聞かせたうえで、この謡曲を舞って見せた。

棟方は、子を奪われた親鳥が化鳥となって嘴《くちばし》を鳴らす怨念の激しさ、幽鬼となってしまった夫の帰りを待ち続ける妻子の物悲しさに胸を射貫かれた。目の前で舞い踊る水谷が変幻自在に化鳥になり幽鬼になるのを目撃し、体がわなわなと震えてしまうのを止められなかった。

仕舞が終わると、棟方は、

「ありがとうございます！　それでは失礼します！」

床に平伏して礼を述べるやいなや外へ飛び出した。

――善知鳥……。

善知鳥、うとう、うとううとう、ううウウーッ！

呪文のように唱えながら家へ駆け帰り、家の中へ飛び込んで叫んだ。

「チヤ子ッ！　墨っ！」

びっくりしたチヤは、大あわてで一升瓶に溜めておいた墨を顔料皿に注いだ。水面に獲物をみつけたカワセミのように、棟方はそこに真っ逆さまに筆を突っ込んで、一気呵成に下絵を描き始めた。黒い飛沫が墨を注ぎ足すチヤの顔に勢いよく飛んでくる。瞬く間に下絵が仕上がった。

そこでようやく、チヤは知らされた。水谷の家で何が起こったのか。棟方の内部に突如として巻き起こった嵐が、なつかしい故郷の旧名「善知鳥」に呼び起こされたということを。

結局、三つの課題の中で取り組むのがもっとも難しいと思われた〈善知鳥〉が最初に完成した。幽玄で深遠な能の世界は、二十九場三十一点の連作版画に生まれ変わった。

鋭い黒と白の対比、力強く活発な彫線、場面の効果的な切り抜き方――どれをとってもいままでに見たことのないもので、鮮やかな情景の表現力はまるで活動写真の場面場面の抜き摺りのようにも見える。通行人を待つ幽鬼、道を急ぐ旅の僧、夜更けに戸を叩く音に恐れ慄《おのの》きながら顔をのぞかせる猟師の妻、さらわれた雛鳥を探して血の涙を流す親鳥。物語を知らぬ者が一見しても、ただごとではない何かがこの版画世界で起こっているのがわかる。

この作品の出来映えにもっとも満足したのは水谷と柳であった。柳はほかのふたつの課題が先にできるものと思い込んでいたところへ、思いがけず〈善知鳥〉がもたらされたので、驚くと同時に深く感心したようだった。棟方は柳の反応を気にしていたたまれないほどだったので、柳から労いと賞賛の言葉を得ることができてどれほどうれしかったことだろう。

棟方志功がまたもや新しいものを世に出した――と支援者たちの評判がすこぶるよかったので、棟方はこれを思い切って文部省主催の官展である新文展に出してみることにした。審査員は主に西洋画、つまり油絵で名を成した画家たちで、彼らの目に「新しいもの」がどう映るか、だめでもともとのつもりで出品した。

発表の前日、棟方とチヤは壁に貼ってある〈ひまわり〉に向き合い、揃って手を合わせてから床に就いた。ふたりとも、そうでもしなければとても眠れそうになかったのだ。

――ここまできたらなるようにしかならね。

布団の中で棟方がつぶやいた。と思うと、もう大いびきをかいていた。

大きくなったな、とチヤは思った。

――この人はずいぶん大きくなった。もしかすると、入選するかもしれないな。

そんな予感がふと胸をかすめた。

チヤの予感は的中した。いや、それ以上だった。

官展始まって以来、初の「特選」が、棟方志功の版画にもたらされたのだ。

そしてその日、快挙を祝う宴が棟方の家で開かれていた。

多くの支援者が入れ替わり立ち替わりやって来て、祝いの言葉を述べ、杯を重ねた。水谷は終始ご機嫌だった。濱田は盛んに棟方を褒め称えた。柳は満足そうにその様子を眺めていた。

いつのまにか、棟方は、こんなに多くの素晴らしい人々の真ん中にいて笑っていた。特選も喜ばしいけれど、チヤには何よりそれがうれしかった。

夜遅くまで宴は続いた。酔いつぶれる者もいれば、終電がなくなるからと辞する者もいた。柳は棟方とチヤに玄関外まで見送られて、機嫌よく帰っていった。

家の中に戻ると、上がりがまちに英語の本が置き忘れてあるのをチヤはみつけた。チヤはとっさにそれを手に取って、夜道を歩く柳を追いかけた。

「――先生！　忘れ物です！」

柳が振り向いた。チヤは息を切らして近づくと、本を差し出した。

「おお、失敬。ありがとう、助かりました」

柳がていねいに礼を述べた。チヤは思わず、

「いえ、お礼を言わねばならねのは、こちらのほうです。ほんとにこのたびは、夫がお世話になりまして、ありがとうございました」

そう言って、頭を下げた。

「奥さん。棟方は、まだまだこれからですよ」

チヤは顔を上げた。柳は、ふっと微笑んだ。

「今日の棟方よりも明日の棟方、明日の棟方よりも明後日の棟方が、私は楽しみなんです」

じゃあ、と会釈して、柳は去っていった。

彼方の夜空に三日月が清々しく浮かんでいた。

遠ざかる後ろ姿に向かって、チヤはもう一度、深くふかく低頭した。


新文展で特選を得てからというもの、棟方の暮らし向きは一気に変わった。

いままでに作った版画作品がよく売れるようになり、収入が安定した。柳、濱田、河井には各界の名士碩学《せきがく》を引き続き紹介してもらい、その中には「白樺」同人だった作家の志賀直哉や民藝館の大スポンサーで倉敷の大原美術館の創設者・大原孫三郎とその息子の總一郎《そういちろう》もいた。故郷・青森では「棟方画伯」と呼ばれるようになり、地元の新聞には「棟方画伯　官展で特選」の文字が躍った。

「棟方志功という版画家はとにかく面白いことをする」

「棟方志功の版画は油絵にも勝る完成度だ」

「棟方志功は版画芸術を一段格上げした」

世間の見方も変わってきた。もはや棟方志功はいっぱしの「大芸術家」扱いであった。

が、ここがゴールではない。棟方はまだまだ高みを目指す気概にあふれていた。

チヤもまた、棟方が道の途上にあることをわかっていた。目の前にある長い坂道。一気に駆け上がらなくてもいい。一歩一歩、着実に踏みしめていってほしい。そんな思いでいた。ちやほやされて天狗になってはいけない。誰のおかげでいまの自分があるのか、決して忘れてはいけない。新しい画題に取り組むこと、挑戦を続けることを止《や》めてはならない。いま出来上がった版画は、あっという間に過去のものになるのだから。

棟方志功は、次はどんな作品を見せてくれるのか。重圧がのしかかってくる。それをはね除《の》けて進まなければならない。

次なる一手を棟方はすでに決めていた。かねてからの課題となっていた「釈迦十大弟子」である。

棟方は柳から借りた資料と自分で集めた資料を合わせて、〈善知鳥〉に着手するまえからすでにこの題材に取り組んでいた。大いに興味のある題材だったが、いまひとつ創作意欲の発火点を見出せずにいた。

いったい何がどうなって棟方の中の創作意欲に火がつくのか。すぐそばにいながら、そして制作の様子を目の当たりにしながら、チヤにはどうしてもそこがわからなかった。知りたい気持ちがなかったが、とにかく一度火がついてしまえばあとは一気に仕上げる。大作に取りかかるときはいつもそうだった。ただし、その場の思いつきでウワーッと描き上げるのではない。事前に題材についてつぶさに調査し、数えきれないほどの下絵を描き、構図を練り、試し描きをして、綿密な下ごしらえをする。そうこうしているうちに震動が始まり、次第に地鳴りが高鳴って、ついに噴火するのだ。

「釈迦十大弟子」は柳宗悦直々に提案された画題だ。棟方の気合いの入り方は尋常ではなかった。毎日首っぴきで資料に当たり、白い紙を前にして髪を搔きむしっては悶々としている。もしかすると、気合いを入れすぎてどこから手をつけたらいいのかわからないのかもしれないと、チヤは内心はらはらしていた。

あるとき、上野へ展覧会を観に行ってくる、とふらりと出かけた棟方は、夕方近くにしんみりした表情で帰ってきた。何かあったのかと気にはなっても、棟方が自分から話すまでは決して訊いたりしない。それがチヤの中の決め事だった。

その夜、いつも通りに家族で夕餉の食卓を囲んだ。棟方はどこかぼんやりとした様子で、箸の動きも鈍かった。チヤはそれとなく見守ったが、やはりいつもと違う気がした。

チヤは子供たちを寝かしつけてから、台所を片付けて居間へ戻った。と、棟方がむこうを向いて正座している。畳の上には一枚の大型の版木が置かれていた。夜に仕事をすることは一切なかったので、不審に思ったチヤは声をかけた。

「まだ休まねの？」

棟方は振り向きもせず、答えもしなかった。チヤは夫の背後にそっと正座した。なおも棟方の背中は動かなかったが、ややあって低いつぶやき声が聞こえてきた。

「……須菩提《しゅぼだい》……」

「え？」チヤは聞き返した。「しゅぼ……？」

「今日、観できだんだ。須菩提の仏像」

上野の博物館で開催されていた興福寺展に行ってきた。そこに釈迦十大弟子の国宝仏が揃い踏みしていた。そのうちのひとつ、須菩提が強烈な磁力を放っていた。

棟方は激しく引き込まれた。太古《いにしえ》の世から忽然と眼前に出現した須菩提は、異様な霊力でじりじりと棟方を締め上げる。仏像と目を合わすうちに、いま自分がどこにいるのか、なぜそこにいるのか、何をしているのか、だんだんわからなくなってきた。周囲にあるものすべてが急激に遠ざかり、やがて完全な無音になった。久遠《くおん》の闇の中に自分は浮かび上がっていた。仏像の胎内へ吸い込まれそうになって、我に返った。頬には涙がいく筋も伝っていた。

それを拭いもせず、棟方はよろめきながら展示室をあとにした――。

そう聞いて、即座にチヤは「始まった」と感じた。

始まったのだ――震動が。

むこうを向いたままだったので、夫の表情は見えなかったが、涙を流している気配があった。感動しているのだろうか、それとも動揺しているのだろうか。

「……須菩提がワぁば見てあった。ワぁも須菩提、見てあった。……右目だけで」

——右目だけで……？

言っている意味がわからなかった。チヤは恐る恐る訊いてみた。

「……そいは、どった意味……」

棟方は天井を仰いで、しゃがれた声を振り絞った。

「——見えね、んだ。もう……」

棟方の左目は、視力を失いつつあった。

今日そうなったわけではない。実はもう何ヶ月もまえからそうなっていたことを、棟方は初めてチヤに打ち明けた。薄らいでいく視界の中で〈善知鳥〉を仕上げたのだと。

チヤは絶句した。

目の前の背中が小刻みに震えている。チヤは自分の身体にも震えが広がるのを感じながら、夫の背中を、いままでに見たことがないはかなげな背中を、ただ一心にみつめた。

棟方は、かたわらの手拭いを取り上げると、振り向かずに言った。

「チヤ。こいでワぁの目、隠してけれ」

不意を突かれて、チヤは返事ができなかった。戸惑いの気配を感じたのか、棟方は、

「早く、やってけれ」

重ねて言った。チヤは弱々しく答えた。

「なしてそったことするんだが？」

棟方は黙っていたが、しばらくして言った。

「目隠しして、彫る」

チヤは息をのんだ。棟方は静かな、しかし意志のこもった声で続けた。

「いずれ、右目も見えねぐなるかもしれね。なんも見えねぐなってまるかもしれね。……そうなった時さ、この手を、ワぁの目にするんだ」

棟方は、震える右手を目の前に掲げた。

チヤは首を激しく横に振った。

「そったこと、できね……」

「いいから！」

チヤは身をすくませた。棟方の本気がビリビリと伝わってくる。

「目隠しなんて自分でもできる。すたばって、おメにしてもらったっきゃ……あきらめがつくんだ」

チヤは、とうとう立ち上がった。

棟方の背後に立ち、手拭いを受け取る。後ろから夫の目の上にそれを当てがい、頭の後ろできつく縛った。そうしながら、自分でも何をしているのかわからなくなった。

夫の視界を奪うだなんて。画家の命にも等しい目をふさぐだなんて。

ああ、いったい何を？　自分は何をしているんだろう……？

棟方は、ひとつ、深い息をついた。それから、両手を畳について、彫刻刀を探り当てた。

右手にそれ持ち、左手で版面を撫でる。もうひとつ深呼吸をしてから、這いつくばって彫り始めた。

チヤは微動だにせず、立ったままでその様子を見守った。

ザクッ、ザクッと版木を彫る音が響く。左手はピタリと板に吸い付いて、彫り目を確かめ確かめ、前進する。彫刻刀を握った右手の動きは、最初はおもむろに、次第に勢いを増していった。

勢い余って彫刻刀が左指をえぐった。あっと息をのんだのはチヤのほうだった。とっさに背中にすがろうとした瞬間、

「触るなっ！」

鋭い一喝が飛んできた。チヤはびくりと身をすくめて立ち尽くした。彫刻刀は血にまみれながら前進を続け、板の大地に道を作り続けた。玉の汗が噴き出し、目隠しの手拭いをしとどに濡らした。版木はやがて血の色に染まっていった。

チヤは口を真一文字に結んで、棟方に背を向けた。

寝室に入り、後ろ手にふすまを閉じた。子供たちが川の字になって安らかな寝息を立てて

いる。チヤは目を閉じて、大きく息を吸い込んだ。吐息とともに涙が溢れ出た。

――あの人は、版画なのだ。

あの人は、自分の体も、命も、版画になってしまうことを願っているのだ。

自分も、ひともなく、命も体もなく、あってもなくなるようなことになっていき、版画そのものになってしまうのを願っているのだ。

いま、わかった。

版画こそが、あの人なのだと。


こうして、〈二菩薩釈迦十大弟子〉がこの世に生まれ落ちた。

大判の朴の版木六枚の裏表に彫り上げられた釈迦の十大弟子――迦旃延《かせんねん》・羅睺羅《らごら》・阿難《あなん》陀《だ》・大迦葉《だいかしょう》・優波離《うばり》・富楼那《ふるな》・舎利弗《しゃりほつ》・阿那律《あなりつ》・須菩提・目犍連《もくけんれん》と、二菩薩――文殊・普賢の立ち姿である。板の形状をそのまま活かし、頭のてっぺんからつま先まで、菩薩と弟子たちの体軀を版木のぎりぎりいっぱい、みっちりと彫り上げた。

弟子たちはどれも個性的な顔立ちで、ある者は祈り、ある者は天を仰ぎ、ある者は沈思し、ある者は釈迦の教えを説く。彼らは確かに御仏の弟子である、だがそれ以前にひとりの人間である。傷つき、道を求め、乗り越え、歩み続ける人間なのである。

摺り上がった彼らに向き合ったとき、チヤは自然と両手を合わせ、涙が頬を伝うのをどうにも止められなかった。感謝とか感動とか畏敬とか、全部ひっくるめて、ただただ泣けた。しみじみとあたたかい涙を、チヤは存分に流したのだった。

棟方は薄手の板に十二枚の版画を挟み、しっかりと背負って家を出た。行く先は柳宗悦宅である。自らが与えた課題への答えを目にして、師はいったいなんと言うだろう。まるで最後の審判を受けるかのごとく、棟方は張り詰めていた。

チヤは子供たちとともに玄関先で夫を見送った。鳥打ち帽を被り、縦長の紙挟みをおぶってすとすとと歩いていく後ろ姿は、緊張で張り裂けそうな本人の心中とは裏腹になんともユーモラスで、越中富山の薬売りみでだなと、チヤはなんだかおかしくなった。

それでもその日、チヤは一日中、時計とにらめっこして過ごした。

いま頃、駒場の先生のご自宅に着いた頃だろうか。いま頃、荷を解いて版画を広げたところだろうか。

柳先生はなんとおっしゃるだろうか。よくやった、とか、なかなかいいな、とか。それとも、またこんなもの作りやがってと、厳しい言葉の礫《つぶて》を投げつけられるのだろうか。

だけど——。

どんな反応であったにせよ、どんな言葉をかけられたにせよ、私は、帰ってきたあの人を心いっぱいに迎えよう。

パパ、すごいよ。私、この作品、いちばん好きだよ。

私は、パパがほんに誇らしいよ。

パパは、天下一の版画家。世界一の画家だ――。

そんなふうに、言葉の花束であの人をいっぱいに埋め尽くそう。

柱時計が九つを打つ頃、玄関の引き戸が勢いよく開いた。

その音を聞いただけで、チヤにはわかった。――柳からどんな反応を得たのか。

「――おかえり」

上がりがまちに腰掛けて靴を脱いでいた棟方が、振り向いた。

「……チヤ子」

チヤはその場に正座した。

「はい」

一瞬、棟方がぐっとにらむような目つきになったので、チヤはどきりとした。棟方は、かすかに汗ばんだ顔をチヤに近づけて、

「先生が……柳先生が……〈十大弟子〉をな。驚くべき、最高の出来栄えだ、づで……」

ハハッ、と笑った。それから、分厚いレンズの奥の目いっぱいに見る見る涙が浮かんできた。

「あ……あれを、民藝館で……ワァの展覧会を開いて、お披露目しよう、づで……」

あとは言葉にならなかった。

棟方は、泣きながら笑っていた。くしゃみをする直前のような、くしゃくしゃと情けない顔。けれどチヤにとっては、世界でいちばん愛おしい、隅々まで愛おしい顔だった。

一九四四年（昭和十九年）五月　東京　代々木
——一九四五年（昭和二十年）五月　富山　福光

12

チヤが洗濯物を干している。

広々と手入れの行き届いた庭である。鯉が泳ぐ池、かたちよく刈り込まれた松、咲き乱れる萩の花の植え込み、石灯籠、飛石などが配されて、趣味のいい景色を作っている。

その見事な庭先に物干し竿を掲げて、墨が染み付いた作務衣《さむえ》や子供たちの服やモンペを並べて干す。洗濯物干しのたびになんだか申し訳ないような気持ちになるのだが、毎日大量に洗濯しなければならず、庭に遠慮してもいられない。

瀟洒《しょうしゃ》な佇まいの家の中からはピアノの調べが聞こえてくる。軍歌「海ゆかば」の旋律。まもなく十三歳になる長女のけようが弾いているのだ。なかなかなめらかなメロディーを奏でている。ピアノが初めて家に来たとき、あまりにも神々しく輝いていて、ほんとうにこんな立派な楽器を娘が弾けるようになるのだろうかとチヤは怖気づいてしまったものだが、けようは喜び勇んで、瞬く間に初級教本を習得してしまった。棟方は、けようは自分が大好きなベートーヴェンをすぐにでも弾けるようになるだろうと期待大の様子だ。子供の能力は無限大だとよく知っている父なのである。

日当たりのいい縁側からこぼれ出るようにして、二歳半になる次男の令明《よしあき》、八歳のちよゑ、十歳の巴里爾が庭へ飛び出してきた。

「こら待て、令明！　そらっ、ちよゑちゃん、つかまえるぞ！」

「わあっ、鬼が来た！　令明、逃げて逃げて！」

令明はきゃあっと叫びながらチヤの周りをくるくる走り回った。そのあとをちよゑと巴里爾が追いかける。

「ちょっと、ちょっと。おかあさんはお洗濯してるんだよ、これ、もうっ」

チヤは笑いながら令明をつかまえて抱き上げた。ちよゑと巴里爾が両側からチヤに抱きつく。

「ちびっ子め。おかあさんに抱っこしてもらうなんてずるいや」

「おかあさん、令明下ろしてよぉ」

四人は団子になって縁側へと歩いて行き、全員でひだまりの中に腰掛けた。ピアノの音が止んで、けようが顔をのぞかせた。

「わあ、みんなでひなたぼっこ？　いいなぁ」

「姉ちゃんもおいでよ」巴里爾が誘うと、「うん」とけようはチヤの背中に抱きついた。

「おかあさん、いいにおい」とけよう。

「おやまあ、おっきな赤ちゃんだごと」とチヤが笑う。

「でもおかあさんはおてんとうさまのにおいがする」とちよゑ。

「でもおかあさんは墨のにおいがもっとする」と巴里爾。

「パパとおんなじにおいかね？」チヤが訊くと、

「うん、おんなじ。ぼく、どっちも大好きだ」と巴里爾。

巴里爾が答えた。チヤが思わず抱き寄せようとすると、巴里爾は身をよじって、

「いやだい。ぼく、もう赤ちゃんじゃないもん。やーい、おっきな赤んぼ、赤んぼ姉ちゃんやぁい」

はやしながら廊下を駆け出した。

「こらあ、待てっ！」けようが立ち上がってあとを追う。ちよゑと令明も大声を上げながらその後ろを追いかけていった。

まったくもう、とつぶやいて、チヤは立ち上がった。振り返ると、青空のさなかに大小仲良く並んだ洗濯物が万国旗のように翻っている。

ふと、気がついた。いま、自分が見ているのは、「名ばかり夫婦」になったあの頃、夢に描いた光景ではないだろうか。

「雑華山房」と名付けられた、棟方一家六人が暮らす家。その邸宅は、あの頃夢見た「いつ

か一緒に暮らす家」そのものだった。——いや、それ以上だった。

棟方に〈勝鬘譜善知鳥版画曼荼羅〉創作のきっかけをもたらした、商工省の役人かつ民藝運動の同人である水谷良一がかつて住んでいた家である。世田谷に家を新築した水谷は、いまや売れっ子版画家となりつつも手狭な借家で苦労を余儀なくされている棟方に、よかったら自分の旧宅を貸そうかと申し出てくれた。願ってもない提案を棟方は一も二もなく受け入れた。水谷邸はそれまで何度も通って、「いったいどうすたらこんな立派な家に住めるようになれるんだが？」と常々考えていたものだから、千載一遇の機会が向こうのほうから転がり込んできたとあっては、断る理由は何もなかった。

立派な佇まい、広々とした庭、いくつもの部屋、電話まであった。そのすべてに棟方は大喜びだったが、なんと言っても男女別に分かれた便所には感動ひとしおであった。チヤもまた、いつも縮こまって用を足すのはなんともわびしいものだと棟方がぼやくのを聞くたびに、いつか男女別々の便所付きの家で暮らせたらと、棟方と一緒に夢見たものだ。だから、引っ越してきてすぐ、男子小便用のアサガオに悠々と放尿する棟方の背中に向かってチヤは両手を合わせ、ようやく夢のひとつがかなった、ありがとうございますと、神仏に感謝を捧げた。

〈勝鬘譜善知鳥版画曼荼羅〉で官展初の特選を得、会心の一作となった〈二菩薩釈迦十大弟子〉の披露を兼ねて日本民藝館で初個展を開催してから、棟方志功はいつも何か新しいことをやってみせる画期的な版画家として知られるようになった。子熊のような愛嬌のある風貌、津軽なまりの独特の言葉遣い、実はかなりの博学才穎《さいえい》、そのすべてが面白がられ、驚嘆され、喜ばれた。柳たち民藝の同人には方々の碩学大儒《たいじゅ》や開物成務《かいぶつせいむ》を紹介してもらい、縁故の輪を広げもした。

気がつけば、ごく自然に「棟方画伯」「棟方先生」と呼び習わされるようになっていた。柳宗悦、濱田庄司、河井寛次郎の三先生たちからは「棟方君」——ときには「クマノコ」——と呼び親しまれ、宴席や紹介のお声がかかれば何はさておき喜び勇んですっ飛んでいくのはあいかわらずであったが。

棟方一家の借家住まいは、松木満史の家のひと間に転がり込んだのが最初で、ようやく一家で独立して住んだ初めての借家の家賃は十二円、次が十八円、二十二円と少しずつましな家へと移ってゆき、ついに去年、旧水谷邸を射止めた。家賃百五十円、それを一年分一括で前払いした。チヤは内心目が回りそうだったが、夫が彫刻刀一本で稼いだお金である。何の文句のつけようがあるだろうか。

弱視の版画家。顔を板すれすれにこすりつけ、這いつくばって、全身で板にぶつかっていく。見る者をおのれの世界へ引きずり込む強烈な磁力の持ち主。版画の可能性をどこまでも広げる驚異の画家。

ゴッホに憧れ、ゴッホを追いかけて、棟方志功はゴッホの向こう側を目指し始めていた。何人たりとも到達し得なかった高みへと。そしていま、満ち足りた創作を続ける日々を送っている。

四人の子供たちがすくすくと成長し、ピアノの音が家の奥から聞こえてきて、庭先に仲良く家族の洗濯物が並ぶ。

この幸せが、どうかいつまでも続きますように。

チヤはそう願わずにはいられなかった。


一九四一年（昭和十六年）十二月八日、日本によるハワイ・真珠湾奇襲攻撃で太平洋戦争が始まった。

奇襲作戦の成功により、東南アジア、西南太平洋諸島を手に入れた日本は、短期決戦で太平洋の資源地帯を支配下におくつもりだった。しかしアメリカを相手に苦戦を強いられ、戦争は長期化の様相を呈してきた。

若者たちが次々に出征し、そのつど万歳三唱の声が町角で上がった。開戦時棟方は三十八歳、召集対象年齢だったが、赤紙が来ることはなかった。視力に問題があったからである。

棟方は出征する若者たちへ虎を描きつけた褌《ふんどし》を贈って励ました。チヤはそれを見るたび、口にこそ出さなくても、生きて還ってこい、との夫の思いが込められていると感じた。

棟方が戦争反対を唱えることは決してなかったが、夫が戦争を忌み嫌っていることをチヤは知っていた。なぜなら、自分自身がそうだったからだ。

ようやく手に入れた穏やかな暮らし。創作の場。子供たちの成長。ささやかな幸せ。戦争がそれらをやがて奪い去る気がしてならなかった。そんな禍々《まがまが》しい予感を、どうしてすんなり受け入れられようか。

が、棟方もチヤも、迫りくる危機から身をよじりたい思いに蓋をした。そして、ただ懸命に創作を続け、子供たちを育てて、一日いちにち、精いっぱい生きてゆくことに気持ちを集中させていた。

ラジオから流れてくる戦況は、日本軍は連戦連勝だと、壊れでもしたかのようにそればかりを伝えていた。兵隊たちがお国のために命を惜しまず勇ましく戦っている、しかるに全ての国民は物資不足を耐え忍び、前線の兵隊たちを後方支援しなければならない。この時期、戦争反対を唱えればどうなるか。子供でもわかることであった。

食糧不足が顕著になり、配給が始まった。米、味噌、醬油、砂糖、マッチ、木炭……。ようやく毎日白米を食べられる生活になったはずだったのに、豊かな食卓は再び遠ざかってしまった。

戦争が始まって三年目のある日のこと、配給の列に並んだチヤに、近隣に住むふたりの婦人、高橋夫人と鈴木夫人が声をかけてきた。

「こんにちは、棟方さん。先生はお元気ですか？」高橋夫人が何気なく尋ねた。

「ええ、おかげさまで」チヤが笑顔で応えると、

「相変わらず絵を描いてらっしゃるの？」

鈴木夫人が訊いた。こんな大変なときに……という含みがあった。チヤは平静を装って返した。

「はい。それが仕事ですから」

ふたりの夫人は、そうですわね、とうなずき合ったが、鈴木夫人が重ねて言ってきた。

「ね、奥さん。人から聞いた話だけど、藤田《ふじた》嗣治《つぐはる》先生は、戦地に派遣されて、兵隊さんたちが立派に戦う絵をお描きになったとか。お宅の先生はどうなの？」

多くの画家たちが従軍画家や報道班員として戦地に送り込まれ、戦争画を描いていた。藤田嗣治は海軍の委嘱で戦争記録画を制作したという。チヤは言葉を濁した。

「あの、うちは……」

「ちょっと！　棟方先生は目がお悪いんだから」

高橋夫人が鈴木夫人の手の甲をピシャリと叩いて言った。鈴木夫人はしれっと、

「え？　じゃ、どうやって絵描いてるの？」

「それは……あれよ、どうにかしてらっしゃるのよ。ねえ奥さん？」

高橋夫人が苦笑いしてチヤをちらりと見遣る。チヤは顔がこわばるのを感じて、なんとも答えられなかった。

その日配給だった砂糖と醬油と子供服をかごに入れて提げ、チヤは家路をとぼとぼとたどった。

どこの家からだろう、戦況を伝えるラジオの音声が漏れ聞こえてくる。

『サイパン島の我が部隊は、最高指揮官南雲忠一《なぐもちゆういち》海軍中将以下、去る七日、最後の攻撃を敢行し勇戦力闘、一昨十六日までに全員壮烈な戦死を遂げたものと認められます。サイパン島の在留邦人も終始、軍に協力し概《おおむ》ね将兵と運命をともにした模様であります。大本営、きょう午後五時の発表を申し上げます』

一九四五年（昭和二十年）が明けた。

開戦から丸三年が経過、日本の戦況はいよいよ怪しくなってきた。

各地に敵機が飛来し、焼夷弾の雨が容赦なく市民の頭上に降りかかった。棟方一家も最悪の事態をかわすべく、防空壕を作らなければならなくなった。仲良く洗濯物が並んでいた庭の片隅に穿《うが》たれた墓穴のような壕。チヤの胸は鉛を飲んだように重苦しかった。

空襲警報が不気味に鳴り響くたびに、着の身着のまま、子供たちの手を取って防空壕に転がり込む。親子六人で身を寄せ合いながら、一刻も早く敵機が去るように、どうか何事もありませんようにとひたすら祈るほかはなかった。

東京は広いのだ。その片隅のこの家のちょうど真上に爆弾が落ちてくるなんて、きっと砂浜で針をみつけるくらいの確率だ。チヤは不安を霧散させようと自分にそう言い聞かせた。一方で、棟方はこの状態から一刻も早く家族を脱出させることを考え続けているようだった。

「もう疎開するしか、ね」

空襲警報が鳴り止まない夜、壕の中で棟方がぼそりと言った。子供たちは皆、もはや警報に慣れっこになってしまい、狭苦しい壕の中でも折り重なって眠っている。油断し切ったときこそがいちばん危ないのだと棟方はチヤに言った。

「すたばって、どこへ？　青森に帰るの？」

チヤが尋ねると、棟方は首を横に振った。

「青森には、帰れね。故郷に錦を飾るならまだしも……東京から逃げてきた、なんつのは……そった恥さらしなことは、できね」

「へば、どこへ？」

一拍置いて、棟方が答えた。

「富山だ」

去年、棟方は富山県西砺波《にしとなみ》郡石黒村にある光徳寺という寺を訪ね、しばらく滞在した。住職の高坂貫昭《こうさかかんしょう》を河井寛次郎から紹介された縁で、それまでにも何度か招かれたことがあった。

先の滞在のおり、住職の依頼で二間半襖四枚と隣り合わせの三尺襖二枚いっぱいに枝を広げる松の大木を描き、住職を始め見物に来ていた近隣の住人たちの度肝を抜いた。〈華厳松〉と題されたこの襖絵は瞬く間に地域の名物になり、珍しいもの見たさに訪れる人が引きも切らなかった。

寺の裏山一面を覆い尽くして咲き乱れるツツジの風景や、素朴で人のいい住人たちにすっかり魅了された棟方は、光徳寺からほど近い福光という町を見定め、疎開するならここだと決めて帰ってきた。一家の仮住まいの当たりをつけ、地元の協力者の支援も取り付けてきたらしい。あとはいつ疎開を断行するか、時機を見計らっていたと棟方はチヤに打ち明けた。

富山、福光――。むろんチヤには未知の土地である。日本のどのあたりにあるのかもぱっとは思いつかない。

が、棟方がそこまで気に入っているのだ、きっと自分たち一家にとって特別な場所になるであろうことは想像できた。こうと決めたら即行動、それが棟方志功であることもわかりきっていた。

四月、棟方一家は福光への疎開を決行した。まずはチヤが子供たちを連れて先に疎開先へ行き、棟方は家財道具を送り出したのちに遅れて富山入りすることにした。

チヤの福光行きが困難を極めることは目に見えていた。まずはけようと幼い令明を連れて出発し、伊豆湯ヶ島に立ち寄る。そこで学童疎開中の巴里爾とちよゑを引き取り、子供四人を連れて、沼津、米原《まいばら》、高岡、福光へと移動する。おぼつかない列車の乗り継ぎを、四人の子連れで満員の疎開列車に乗っていかなければならない。夫がいてくれたら助かる、一緒に来てほしいとの懇願が喉もとまで出かかっていたが、チヤはこらえた。

棟方には「必要不可欠な家財道具」をまとめて無事に送り出してもらわねばならない。——それはすなわち板木であった。板画家・棟方志功の命にも等しい大切な板木を残していくわけにはいかないのだ。

「へば、ひと足先に行ってきます」

玄関先へ見送りに出た棟方に向き合って、チヤが言った。心細さが首をもたげる。が、へこたれてはならない。棟方はうなずいて、

「子供らのこと、頼んだぞ。すぐ追いかけるから」

けようと令明の頭を順番に撫でた。

「きょう子、おかあさんのこと助けてくれよ。みんなで仲良く、パパが行くの待っててくれ」

はい！　とけようが元気よく答えた。けようも令明も、これからきょうだいに会いにいくのがうれしくてはしゃいでいた。

不安しかないチヤの足取りはすでに重かった。子供たちの衣服と食糧をリュックに入れて担ぎ、右手に工業用ミシンを提げている。故郷で巴里爾を産んでから再び上京したとき、こ

れで一家を支えるんだと決意して持っていったあのミシンである。実際にはミシンを使って家計を支えたことはなかったのだが、いつか来るかもしれないそのときのため、チヤにとってはこれがお守りだった。

福光行きは苦行としか思われぬ行程であった。何時間も駅で汽車を待ち、満員の車内に窓から乗り込み、しまいには疲れてぐずる子供たちをあやす気力もなくなって、どうにかこうにか福光へたどり着いた。

棟方が用意していた坂の上の古民家に落ち着き、近隣へあいさつに回ってから、陽光に満ちた穏やかな田園風景が家の前に悠々と広がっていることに気がついた。近所の人たちは皆親切で、お困りでしょうと米や野菜を持ち寄ってくれる。空襲警報におびえることもなくぐっすり眠れる。ここへ来てよかったと、チヤはようやくひと息ついた。

そこへ棟方が意気揚々とやって来た。

「や、みんな無事だったか？　えがっだ、えがっだ。ワァも無事だ。まんず、ひと苦労であったげど」

最低限これだけは自分で持ってきた、という棟方の荷物を解いてみて、チヤは愕然とした。板木だとばかり思っていたそれは、なんと濱田庄司の大皿と河井寛次郎の壺だった。数日後に到着した東京からの荷物の中身も同様で、棟方秘蔵の先生方の陶器や柳宗悦から譲られた書籍などだった。

棟方は一点一点確認して、

「おお、この皿、無事だったな。こっちの湯呑みも大丈夫だ。うん、全部無傷だ。なかなかうまく梱包でけたでねが。まんずやるもんだな。やるもんだ、うん」

自分の梱包の技術に満足しきりである。チヤはしばし絶句していたが、我に返って棟方を質した。

「――板木は？　板木は送らねがったの？」

棟方の顔から一瞬笑みが消えたのをチヤは見逃さなかった。棟方は苦笑を浮かべて、

「無理だ。こった時期に、板木を送るなんて……どう考えても非常識だ。そうでねが？」

送る努力もせずに最初からあきらめていたと知って、チヤは怒りが沸騰するのを抑えきれなくなった。

「なして？　大事なものでねが？　おメさの命にも等しいものでねが？　なあ、そうでねが？」

詰め寄られて棟方は、かえって開き直った。

「うんにゃ、そうでは、ね。ワぁはここで新しい板画をどんどん創るつもりだ。昔の板木はいま必要なものでは、ね。戦争が終われば代々木の家に帰《け》るんだ。それまであそこに置いといても、なんの問題も、ね」

「違う！」チヤはすぐさま否定した。

「私らはここへ疎開したんだよ？　東京で空襲があったら、あの家も丸ごと焼かれてしまうかも知れねがら疎開したんでねが。あの家に戻れる保証はどこにもねんだよ？　あそこに残してきた板木が無事である保証は誰もしてくれねんだよ？」

反論の余地もないのだろう、棟方は黙りこくってしまった。チヤは瞬時に意を決した。

「私、東京へ行ってくる」

棟方はまったく取り合わない。「何バカなこと言ってらんだ」と、ひと言で切って捨てた。

チヤは立ち上がると、きっぱり言った。

「板木、送る手配してくるはんで。すぐに帰ってくる。子供たちのこと、頼みます」

「……なっ……ま……まいね！」

チヤが本気だとわかって、棟方はあわてた。立ち上がってチヤの両肩をつかむと、

「まいね、まいねぞ！　そったこと、絶対に……」

「絶対に大丈夫だ。神仏の御加護があるもの。私らはずっと護られてきたでねが」

よくわかっていた。棟方と同じく、自分もこうと決めたら絶対にやり通す。――だからこそ、今日までこの人と一緒に歩んでこられたのだ。

チヤの決心が固いのを見てとったのだろう、棟方の目つきが変わった。ごくりと唾を飲み込む音がして、棟方が言った。

「――そいだば、ワぁが行ってくる。おメはここで子供らと待っててくれ」

「いいや、なりません」

ぴしゃりと返した。眼鏡の奥でうろつく目を見据えて、チヤは言い放った。

「おメさに万一のことがあったらどうするんだ？　誰が板画を創るの？　誰が……誰が日本のゴッホになるの？　私はなれねよ？　おメさしかなれねんだよ⁉」

棟方は平手で打たれたような顔になった。衝撃をこらえるようにうつむくと、くぐもった声が聞こえてきた。

「――いいんだ。もういい。ゴッホになんか、なれなくたって……」

小さく、消え入りそうに小さく縮こまった姿。それは、チヤがよく知っている棟方ではなかった。

どこまでもついていくと決めた人。必ず成し遂げると信じた人。

果てしなく長い旅路をともに歩もうと誓った人。

力に満ちた大きな人。板画に全てを賭けた人。逸脱を恐れず、まっすぐ、まっしぐらに、全身全霊で板木にぶつかっていく人。

挑戦の人。希望の人。夢を夢のままで決して終わらせない人。

それが、それこそが――板画家・棟方志功ではなかったか。

「――だったら！」

込み上げる涙を飲み込んで、チヤは叫んだ。

「『ムナカタ』にならねば！　世界のムナカタに！　……ゴッホを超えて！」

夫の手を振り切って、チヤは家を飛び出した。

草原が春風にそよいでいる。チヤは坂道へ走り出て、空を仰いだ。ひばりが一羽、高々と舞い上がるのがかすんで見えた。

――世界の、ムナカタに。

自分の言葉が耳の奥でこだましていた。涙がひとすじ、まなじりを伝って落ちた。なんの涙なのか、わからなかった。


チヤは大混雑する上野駅の荷物運搬所に来ていた。

受付台の上には重ねて縛り、布で包まれた板木が載せられている。「芸術品」と荷札がつけられたそれを間に挟んで、係員と押し問答の真っ最中である。

「お願いです！　夫は棟方志功、芸術家です！　この板木は大事な大事な作品なんです！　どうか送らせてください！」

必死に食い下がるチヤに、係員は渋い顔をして応えた。

「そう言われてもねえ。こんなときにそんなもの送るのは非常識でしょう。生活必需品を疎開先へ送りたい人がこんなに大勢いるんだから」

チヤの後ろには荷物を送りに来た人たちが長蛇の列を成している。が、自分だとて何時間も待ってようやく順番が回って来たのだ。ここで引き下がるわけにはいかない。

「これは鍋釜じゃねんです、芸術品なんです！　鍋釜は代用が利きます、でもこれは世界にたったひとつしか……」

「こんなときに何が芸術品だ！」チヤの背後の男が声を張り上げた。「そんなもん、ただの板切れじゃないか！」

そうだそうだとあちこちで声が上がった。しびれを切らした群衆が受付台に押し寄せた。あっという間にチヤはもみくちゃにされ、板木とともに外へ押し出されてしまった。

板木を載せたリヤカーを引いて家路をたどりながら、チヤは懸命に考えを巡らせた。

――せっかくここまで来たのに……このままじゃ、板木一枚も送れやしない。

いったい、どうしたら――。

自宅の門前まで帰り着いて、郵便受けの受け口から封書がはみ出ているのが見えた。蓋を開けてみると、何通もの分厚い封書がどっさり届いていた。すべて福光の棟方からである。

夫の画室に入ると、チヤは封書を広げた。何枚もの紙の裏表がびっしりと文字で埋め尽くされている。

――帰ってこい、早く帰ってこい、子供たちの世話が大変だ、いつまでこんなことをさせるんだ、なんでもいいから早く帰ってこい。

まだ帰ってこない、心配で心配でたまらない、早く帰ってきてくれ、一日も早く。チャ子、帰ってこい。無事で、どうかどうか無事に帰ってきておくれ。帰ってこい、チャ子。帰ってきてくれ。早く、早く、早く——。

何枚も何枚も、何通も何通も、同じ言葉を繰り返し書きつけて。ポストへ走っていき、投函して、ポストに向かってぺこりと頭を下げて。家へ走り帰って、また書いて、またポストまで走っていって……。

夫の様子が手に取るようにわかる。手紙に目を通しながら、チヤはくすくす笑いが止まらなくなってしまった。

「そうだね。早く、帰らねばね」

手紙に向かってつぶやいた。甘酸っぱい気持ちが胸に広がった。

出会ってから今日まで、何百通も受け取ってきた棟方からの手紙。甘い愛の言葉が書かれていたことなど一度もない。いつもいつも、金がないとか、もうしばらく待ってくれだとか、苦労してるんだとか、責めないでくれだとか、そんなことばかり。

旅先から送られてくる手紙には、行く先々での体験や、風景の美しかったこと、出会った人たちとのあたたかな交流について書かれていたこともあった。

子供が生まれてからは、子供たちは元気かと、もうすぐ帰るからみんな元気でいてくれと、ただそればかりで。

——帰ってこい、チヤ子。

そんなふうに求められたのは、結婚してから初めてのことだった。

——帰ってきてくれ。早く、早く。

心の全部をぶつけて跳ねるなつかしい文字。みつめるうちに、じんわりとにじんで見えてきた。

——会いたい。

どこにもそうとは書かれていなかった。けれど、チヤにはそう読めた。チヤは手紙を胸に抱きしめた。

——会いたいよ、私も。

画室の真ん中で、棟方愛用のウィンザーチェアがしんと静まり返っていた。その向こうの壁に、いちめん墨が敷かれた真っ黒な縦長の板木——〈二菩薩釈迦十大弟子〉の板木が立てかけられ、その右横に〈ひまわり〉の複製画が貼ってある。大急ぎで出てしまったのだろう、棟方はあの「聖画」を持って出るのを忘れてしまったようだ。せめてあれだけは忘れずに持って出なければ——と思った瞬間、突然ひらめいた。

チヤは〈十大弟子〉の板木の一枚を手にして、ウィンザーチェアの横にそれを立ててみた。高さがほぼぴったり合っている。チヤの顔に光が差した。

チヤのひらめき。それは、〈釈迦十大弟子〉の板木をウィンザーチェアの周りに縄でくくりつけ、さらにその上から布で梱包して「家財道具」として送り出す、というアイデアだった。

〈十大弟子〉の五枚の板木はチェアにくくりつけるのにぴったりの大きさだった。何かに導かれているとしか思えない機転だった。

「家財道具」の梱包が完成した。よし完璧だ、とチヤはひとりで手を打った。五枚の板でちょうどだったので、二菩薩が彫ってある一枚だけは残していかざるを得なかった。梱包材に仕立ててでも送りたい板木はほかにもまだまだあったが、梱包する家財道具のほうがない。チヤは潔くあきらめた。もたもたしている時間はない。今回はこれだけ送り出して、またあらためて戻ってこよう。

家を出る間際に、壁に貼ってある〈ひまわり〉を剝がして持っていこうとした。が、ふと思い直して、もと通りの位置にていねいに貼り付けた。

〈ひまわり〉に向き合って立つと、チヤは静かに手を合わせた。

——また必ず、戻ってきます。

それまでお守りください。どうか、お守りください……。

束の間、目を閉じてチヤは祈った。

必ず戻ってくる。そのために、この聖画を残してゆく。

棟方の意図がわかった気がした。

「椅子」と荷札をつけた大きな荷物が受付台の前に置かれている。

係員はきっちりと梱包されたそれをじろじろ眺めて、

『椅子』ね。富山県、福光まで……」

ハンコをポンと捺《お》した。

「ありがとうございます！」

チヤは勢いよく頭を下げた。安堵のあまりその場にへたり込みそうだったが、そんな暇《いとま》はない。

帰らなければ。一刻も早く。

上野駅のホームで、北陸方面へ向かう夜行列車を待つ列の先頭に並び、何時間も待った。その甲斐あって、どうにか座席を確保できた。

座ったとたん、疲れがどっと押し寄せた。発車のベルを聞いたかどうかも定かではない。

眠気の波にさらわれて、うつらうつらし始めた。

どのくらいの時間、汽車は走っていたのだろうか。

突然、ガクンと大きく揺れて、チヤは目を覚ました。

蒸気を一気に吐き出して汽車が停止した。窓の外は暗く、何が起こったのかわからない。

車内がざわつき始めた。チヤの胸中を暗雲が横切った。

人波をかき分けかき分け、車掌がやって来た。しゃがれ声で彼は叫んだ。

「通告！　東京で今までにない規模の大空襲があった模様！　敵機が関東上空を通過するまで停車します！」

車内は騒然となった。

「大空襲？」

「今までにない規模って……」

「何やってんだ、早く動かしてくれ！」

窓を開け、外へ身を乗り出していた男が振り向きざまに叫んだ。

「大変だ！　東京が燃えてるぞ！」

乗客がいっせいに窓際に押し寄せた。チヤの向かいの男性があわてて窓を開けた。冷たい夜気と蒸気の臭いがどっと流れ込む。

彼方の空が夜明けのように明るんでいる。チヤの背中を怖気が駆け上がった。

——燃えている。……東京の街が。

あんなに燃えている——！

鳴り響く空襲警報、爆撃の音。逃げ惑う人々の悲鳴、地獄の炎が燃え盛る音。聞こえるはずのない音がチヤの耳に迫りくる。そして——。

チヤは目を見開いた。

ああ……ああ。

見える。……見えてしまった。

ああ、ああ……ああ！

絶対に、絶対に見たくはなかったのに……！

炎に包まれる代々木の家。

その中で燃えていく板木の数々。

めらめらと発火する〈ひまわり〉の複製画――。


福光駅舎の片隅の長椅子に、チヤがちんまりと座っている。

汽車が到着したのは一時間まえだ。改札口から出てきたチヤは、目の前にある椅子にふらふらと座り込み、それきり立てなくなってしまった。

小さな駅である。数時間に一本しか汽車の到着はない。肩を落として座り込む婦人を駅員が気にして、声をかけてきた。

「奥さん、どうしたか？　どっか具合でも悪いがやけ？」

チヤは弱々しく首を横に振って、

「いいえ、何も……大丈夫です、すみません」

ふらつきながら立ち上がった。駅員があわててチヤの背中を支えた。

「大丈夫ですか？　奥さん、家はどちらやけ？」

うつろな目をして、チヤはかすかに答えた。

「……私らの家は……焼けて、しまいました……」

高岡駅で新聞の号外が配られていた。首都東京過去最大規模の大空襲に曝《さら》さるる、宮城《きゅうじょう》の一部で火の手が上がった、都心より杉並にかけての西部住宅地が壊滅――。

草木一本も残らぬ焼土と化した住宅地。その写真の脇に撮影地の記載があった。「代々木付近にて撮影」――と。

おぼつかない足取りで、チヤは駅舎をあとにした。

これから自分はどこへ帰るというのだろう？　帰るべき家を失くしてしまったのに。

大切な大切な板木を、必ず救ってみせると誓った板木を、結局置き去りにしてきてしまった。

坂の上にある棟方一家の仮寓。家の前にはのどかな田園風景が広がっている。子供たちは元気いっぱいにあの風景の中で走り回っているはずだ。

あの人は、真新しい板木を前にして何も手につかず、ただそわそわと自分の帰りを待っているのだろう。いても立ってもいられず、ありったけの紙を使って手紙を書いているのだろう。

帰ってこい。早く早く、どうか無事でと。

だけど――。

どう言い訳をすることができるだろう？　あの人との約束を、自分は守れなかったのだ。

どんなに貧しくても、苦しくても、辛くても、あの人は私との約束を破ったことはない。

どんな小さな約束も、全部ぜんぶ、きちんと守ってくれた。

それなのに、私は……。

あの人のもとへ帰ってはいけない。あの人とともに、これ以上、歩んではいけない。

私は、あの人との約束を果たせなかったのだから。

駅から続くまっすぐな道。小矢部川《おやべ》に架かる橋。川面は五月の陽光を弾いてきらめき、はるかな山々は笑い、新緑はどこまでもまぶしい。この世のすべてが喜びに満ち、生命の力に溢れている。そのさなかを、チヤは絶望に足を引きずりながら歩いていった。

道の反対側に真っ赤な郵便ポストがぽつんと立っているのが見えた。そこへ、とっとっとっ、と走り寄るひとりの男がいた。

棟方だった。分厚い封書を手に、一目散にポストに向かって駆けていく。チヤははっとして立ち止まると、身を硬くしてその様子を見守った。

ポストの投函口にぐいぐいと封書を差し込んでいる。すんなりと入れられないほど太った封書なのだ。それから、神殿に向かってそうするように、深く深く拝礼して、パンパン、と柏手を打った。そのままじっと祈りを捧げている。目を閉じて。

もう一度、額が地面につくかというくらい深々と頭を下げて、ようやく顔を上げた。その瞬間、道の向かい側に佇むチヤと目が合った。

森の中で美しい鹿に出会ったかのように、棟方が呼吸を止めてチヤをみつめている。やがて、通りに一歩足を踏み出し、そうっと、そうっと近づいてきた。驚かさないように、逃げてしまわないように。チヤは背筋をしゃんと立てて、棟方を待ち受けた。

「……チヤ子か？」

チヤは真正面に棟方と向き合った。

「はい。ただいま戻りました」

ほっとしたのか、たちまち棟方の顔がくしゃくしゃになった。泣いているような、笑っているようなあの顔だ。

「そうか、帰《け》ってきたか。そうか、そうか。よぉく帰ってきてくれた……」

怯《ひる》みかける心に鞭打って、チヤは、棟方に会ったら最初に言おうと決めていた言葉を口にした。

「――お別れを言うために、戻ってきました」

棟方が目を瞬かせた。まったく意味がわからないようだ。かまわずにチヤは続けた。

「空襲で、代々木の家が全部焼けてしまいました。板木も、お守りだった〈ひまわり〉も。何もかも、全部……」

棟方は言葉をなくしてただみつめている。チヤはその目をみつめ返せずに、どうにか言葉を押し出した。

「私は、おメさの命にも等しい板木を守れねがった……もう、おメさに合わせる顔がねえです。だから……」

チヤはがくりと膝をついた。地べたに震える両手を揃え、棟方の足下にひれ伏して言った。

「私は子供たちと一緒に、どうにか生き延びます。だから、おメさもどうかご無事で。この先も、何があっても、どうか……どうか創り続けてください。板画とともに生き抜いてください。それが、私の……棟方志功の妻だった私の、たったひとつの願いです」

――そうだ。

それが、それだけが、長いながいあいだ、この胸に守り続けた真実だった。たったひとつの願いだった。

棟方志功が、板画とともに生き抜くこと。

たとえ近くで見守れなくなろうとも。どこにいても、何をしていても、決してやめることなく、願い続けるだろう。

この人が、いつかゴッホを超えて、世界のムナカタと呼ばれるようになる日まで。

ふと、無骨な手が肩先に触れるのを感じた。チヤはぴくりと身体を震わせた。

「……チヤ子」

呼びかける声が、耳もとで聞こえた。

「ありがとう。よぉく帰ってきてくれた」

チヤは、そっと顔を上げた。

すぐ近くに棟方の顔があった。分厚いレンズの奥の目。あらゆるものの奥の奥まで見通す目。一点の濁りもない、草の葉に留まる朝露のように澄んだ目がチヤをとらえた。

「チヤ子。おメ、何年ワぁと夫婦やってるんだ?」

くすっと笑って、棟方がささやいた。

「ったく、わがんねのか? ワぁの命にも等しいもんは板木では、ね。――おメだ」


力なく大地に倒れ伏した一輪のひまわり。

涙の慈雨が枯れかけた花に降り注いだ。やがて雨は上がり、雲の切れ間に太陽が現れた。その光の腕《かいな》に抱かれて、ひまわりは息を吹き返した。

ようやく、チヤは気がついた。

自分はひまわりだ。棟方という太陽を、どこまでも追いかけてゆくひまわりなのだ。

棟方が板上に咲かせた花々は数限りない。その中で、もっとも力強く、美しく、生き生きと咲いた大輪の花。
それこそが、チヤであった。

終章　一九八七年（昭和六十二年）十月　東京　杉並

13

思えば、ずいぶん遠くまで来たものです。

日本で生まれた木版画の浮世絵は、大判といっても、たかだか横四〇センチかそこいらのもの。それを、横に広げると七メートルなんて、とんでもないものを創り出したあの人に、最初、誰もが呆れ返っていました。

けれどあの人は、「こいつには何かがある」と千里眼で見抜いた先生方に進むべき道を示していただき、多くの熱心な支援者に恵まれた、運の強い人でした。

ときどき、言うじゃありませんか。運も才能のうちだって。でもあの人は、ただ運がよかっただけじゃない。決めたことを成し遂げるまで決してあきらめない不屈の精神、人一倍の努力を重ねたからこそ、運気を呼び寄せたんじゃないかと思います。

私たち夫婦の人生を振り返ってみると、いくたびも、「あのとき、もしも……」と思わずにはいられないことがありました。

出会ったあの日、もしも私がイトちゃんの家に行っていなかったら。

再会した日、もしもお互いに弘前のデパートに居合わせなかったら。

国画会の展示会場で、もしも柳先生と濱田先生が偶然廊下を通りかからなかったら。

戦時中、もしも疎開先を富山ではなく青森にしていたら。

大空襲の前日、もしも〈釈迦十大弟子〉の板木を椅子の梱包材として送り出していなかったら。

もしも、もう一日だけと粘って、あの夜、私がひとりで代々木の家に残っていたら。

もしも……そう、もしもあの人がゴッホと出会っていなかったら。

すべての「もしも」の分かれ道に、あの人も私も最善の道を選んでいた。そういうふうにできていた、と思われてなりません。

悲しい運命に終わった「もしも」もあります。

我が家の聖画だったゴッホの〈ひまわり〉。空襲に燃え尽きた板木とともに、あの複製画も灰になってしまいましたが、芦屋の実業家が所有していた実物の〈ひまわり〉も、終戦直前の八月六日、神戸大空襲で被災、焼失した――と聞きました。棟方が、河井先生とともに「ゴッホに会いに行く」と、あとちょっとで見られるはずだったのに、ちよゑ危篤の報を受け、飛んで帰ってきたことがありました。いつか必ず会いに行く、名画というものは永遠に残り続ける、絶対になくならないんだと、棟方は盛んに言っておりました。それがまさか、戦火で焼けてしまうだなんて……。

立派な額に入れられて、お屋敷の壁にしっかり固定されていたため、逃しようがなかったということです。もしもうちにあったなら真っ先に疎開させたのにと、そんなことはありっこないのですが、棟方はずいぶんがっかりしていました。

芦屋の〈ひまわり〉が永遠にこの世から姿を消した数時間後――神戸から三〇〇キロ余り西にある広島の空に閃光が走り、史上初の原子爆弾が投下されたことは、戦後生まれのあなたでも、当然ご存知ですわね。

もしも、もっと早く日本が敗戦を受け入れていたなら。いいえ、もしもあの戦争が起こらなかったら。

そう考えるのは、きっと私ばかりではないでしょう。


大空襲の前日に、ウィンザーチェアにくくりつけて福光へ送り出した「家財道具」……〈釈迦十大弟子〉の板木。あの大混乱の中で、奇跡的に届いたんです。

昔の板木なんていらない、また新しいのを彫ればいい、と虚勢を張っていたあの人でしたが、たったひとつだけ届けられた「椅子」の荷を解いて、どれほど驚き、また歓喜したことか。〈十大弟子〉が帰ってきた！　よぉく帰ってきてくれた！　でかしたぞチヤ子、おメはなんてすごぇじゃ！　って、ぴょんぴょん飛び跳ねて、私に抱きつきまくって、くるくる回って……まったく、あそこまで喜んだあの人を見たことはありませんでした。戦災で命を落としてしまったはずの家族のひとりが、思いがけず帰ってきた。きっと、そんな気持ちだったのでしょう。

命拾いをした大切な板木。無駄にするわけにはいかないと、棟方はあえなく帰天した二菩薩を彫り直して、再び六枚の板木を揃えました。見る人によるとは思いますが、私は、新しく命を吹き込まれた二菩薩のほうがちょっとだけ今様な気がするの。いっそうきりっとして、凜々しくて。

戦後、私たち一家はしばらく福光に留まって、棟方は新しく仕事を開始しました。東京に戻ってからも、気持ちを入れ替えて、次々に新作を作って……超大型作品、彩色のもの、肉筆画、油絵も。戦前よりもっと忙しくなったけど、棟方は精力的に仕事をこなしました。戦争で傷ついた人心には、いまこそ芸術がいちばんの薬になる。そう信じていたのでしょう、どんな仕事でも喜んで引き受けました。

あるとき、思いがけないチャンスが舞い込みました。ブラジルのサンパウロで二年に一度催される国際美術展、サンパウロ・ビエンナーレに棟方の板画作品が出品されることになったのです。棟方はその出品作として、新作のほかに〈二菩薩釈迦十大弟子〉を選びました。あらためて摺り直され、揃い踏みした十二人の菩薩と弟子たち。躍動する造形が海を越えて人々の心をつかみました。棟方志功が版画部門で最優秀賞を受賞したんです。これにはあの人も私も驚きました。柳先生も濱田先生も河井先生も、棟方がやってのけた、とそれはそれは喜んでくださって。

翌年のヴェネチア・ビエンナーレにも同様に新作と〈二菩薩釈迦十大弟子〉が送り込まれました。ヴェネチア・ビエンナーレは九十年以上もの歴史を誇る世界最大の国際展です。各国が自国の展示館を設け、「これぞ」という芸術家の作品をそこで見せて、国際審査会がそのうちのいくつかに賞を授与するんです。日本館はその年に造られたばかり。正直、付け焼き刃のグループ展だったそうです。外務省が音頭を取ったんだけど、世界の中では日本の美術なんて見向きもされない、箸にも棒にもかからないだろうと及び腰だったようです。そんな噂が聞こえてきて、私は内心腹が立ちました。浮世絵が世界を変えたことを知らないの？自国の芸術を過小評価するお役人たちにがっかりでした。ところがあの人は、まあいいじゃねが、なるようにしかならねと悠々としている。やっぱりこの人は大きいなあとつくづく思いました。

そうして棟方にもたらされたのが、ヴェネチア・ビエンナーレのグランプリ、国際版画大賞だったのです。

日本のゴッホになる、とあの人は最初、言いました。

だけど結局、あの人は、ゴッホにはならなかった。

ゴッホを超えて、とうとう、世界の「ムナカタ」になったんです。

最後に、とっておきの話をお聞かせしましょう。

世界的に「ムナカタ」の名前が知られるようになったあと、私たちは世界中のあちこちからお招きを受けて、ありがたく出かけてゆきました。アメリカ各地、ヨーロッパ諸国、インドも訪問しました。

中でも忘れられないのが、フランス。棟方たっての希望で、ゴッホが人生の最後に暮らしたという小さな村、オーヴェール＝シュル＝オワーズを訪ねました。

村はずれに共同墓地があります。そこにゴッホと弟のテオのお墓があり、兄弟が仲良く並んで眠っています。

ニューヨークやフィラデルフィアの美術館で、棟方はついにゴッホの「本物」の絵を見ることができました。「白樺」の一ページに初めて〈ひまわり〉を見た日から四十余年が経っていました。

やっと、ほんとうにやっと巡り会えた。棟方の胸中には熱いものが込み上げていたに違いありません。

かくなる上は、どうしてもゴッホ「本人」に会いに行きたい。会ってお礼を言わなければ気がすまないと言い張ります。お世話になった旧友にどうしても恩返しがしたい、そんな感じで。

そうしてついに、棟方と私は、ゴッホ兄弟のお墓の前に立ちました、ふたつの墓石をふさふさと木蔦《きづた》の緑の毛布が覆い尽くしていました。

棟方はじっと黙り込んで、いつまでも墓標に向き合っています。よほど感無量なのだろうと、私も棟方同様、沈黙したまま墓標の前で頭《こうべ》を垂れていました。

と、棟方が私の方を向きました。そして尋ねたんです。——チヤ子、眉墨持ってるか？

一瞬、耳を疑いました。——眉墨？　持ってるけど、なんのために……？

訝《いぶか》しがる私の手から眉墨を奪うと、あの人はポケットに畳んで入れていた大判の和紙を一枚、取り出しました。それを墓標にぴったり当てがって、その上を眉墨でこすりはじめたんです。

ICI REPOSE
VINCENT VAN GOGH
（フィンセント・ファン・ゴッホ　ここに眠る）

白い文字が浮かび上がりました。なんと、ゴッホの墓碑銘の「拓本」をとってしまった。あの人は、ゴッホ兄弟のお墓に向かって深々と頭を下げました。そしてこう言ったんです。

——お許しください、ゴッホ先生。ワんどの墓、そっくりに造らせていただきます。

まったく、あの人ときたら。

ゴッホに憧れて、ゴッホに挑んだ。ゴッホに追いつき、ゴッホを超えて、どこまでも伸びていった。

びっくりするほどまっすぐで、呆れるほど一生懸命で。心と体の全部をぶつけて描いた。そして彫った。たった一枚の板と一本の彫刻刀で、世界に挑み、世界を変えた。

オーヴェール村の共同墓地を取り囲んで、いちめんの麦畑が広がっています。風が立ち、黄金色の麦穂の波がきらきらとざわめきます。

その真ん中の一本道をあの人が歩いていく。笑っている、風の中で、気持ちよさそうに。

私は、ただただ、その背中を、まぶしい背中を追いかけていくだけ。

ええ、追いかけていますよ。いまも、ずっと。私はひまわりですからね。あの人は太陽。だから、追いかけていく、そういう運命《さだめ》、なんだもの。

ずいぶん長い話になってしまいましたわね。

大変なご辛抱、聴いてくださってありがとうございます。

さて、ぼちぼち、あなたの質問に答えなくちゃ。

〈ひまわり〉がいま、東京の美術館にある。もし棟方が生きていたらなんて言うだろうか？

——ありがとう。よぉく帰ってきてくれた。

そんなふうにささやいて、くしゃくしゃ、笑う。

たぶん……いいえ、きっとそうだと、私、思います。

参考文献

『祈りの人 棟方志功』宇賀田達雄　筑摩書房　一九九九年
『わだばゴッホになる』棟方志功　日本経済新聞社　一九七五年
『言霊の人 棟方志功』石井頼子　里文出版　二〇一五年
『棟方志功の眼 改訂版』石井頼子　里文出版　二〇一七年
『もっと知りたい 棟方志功 生涯と作品（アート・ビギナーズ・コレクション）』石井頼子　東京美術　二〇一六年
『棟方志功の福光時代 信仰と美の出会い』石井頼子・尾山章　青幻舎　二〇一八年
『棟方志功作品集 てのひらのなかの森羅万象』石井頼子　東京美術　二〇二二年
『鬼が来た― 棟方志功伝（上）（下）』長部日出雄　一九八四年　文藝春秋
『板極道』棟方志功　中央公論新社　一九七六年
『棟方志功板画巻 大和し美し』棟方志功　講談社　一九七二年
『板画・奥の細道』棟方志功　講談社　一九七六年
『棟方志功全集 第12巻 雑華の柵』棟方志功　講談社　一九七九年

『棟方志功 わだばゴッホになる』棟方志功 日本図書センター 一九九七年
『写真 棟方志功』講談社 一九七二年
『版画を築いた人々 自伝的日本近代版画史』関野準一郎 美術出版社 一九七三年
『土門拳の風貌』土門拳 クレヴィス 二〇二二年
『棟方志功 装画本の世界―山本コレクションを中心に』編者 山本正敏 桂書房 二〇二三年
『特別展１９１０年、「白樺」創刊』調布市武者小路実篤記念館 二〇〇〇年
『白樺 美術への扉 平成12年度秋の特別展』調布市武者小路実篤記念館 二〇〇〇年
『「白樺」誕生１００年 白樺派の愛した美術』展覧会担当及び図録編集―京都文化博物館（長舟洋司）、宇都宮美術館（濱崎礼二）、財団法人ひろしま美術館（古谷可由）、神奈川県立近代美術館（籾山昌夫、山梨俊夫）、読売新聞大阪本社文化事業部（近藤由利子、鈴木章太郎） 読売新聞大阪本社 二〇〇九年
『東北へのまなざし １９３０‐１９４５』日本経済新聞社 二〇二二年
『「生誕１２０年 棟方志功展 メイキング・オブ・ムナカタ」公式図録』企画構成 遠藤亮平（富山県美術館）、池田享（青森県立美術館）、花井久穂（東京国立近代美術館） 学術協力 石井頼子 ＮＨＫ、ＮＨＫプロモーション 二〇二三年
『生誕百年記念展 棟方志功―わだばゴッホになる―』監修 棟方令明 ＮＨＫ仙台放送局 ＮＨＫ

東北プランニング　二〇〇三年

『図録 生誕一〇〇年 大原美術館所蔵「棟方志功展」』編集　朝日新聞者事業本部大阪企画事業部　朝日新聞社　二〇〇三年

『わだばゴッホになる 世界の棟方志功』あべのハルカス美術館、朝日新聞社編　朝日新聞社　二〇一六年

『民藝 MINGEI ― 美は暮らしのなかにある』監修　森谷美保（美術史家）監修協力　濱田琢司（関西学院大学文学部　教授）朝日新聞社、東映　二〇二三年

『森羅万象 棟方志功とその時代展』編集　青森県立美術館　棟方志功記念館　棟方志功展実行委員会　二〇一六年

『棟方板画館・棟方志功記念館合併記念 収蔵作品図録』一般財団法人棟方志功記念館　二〇一五年

『Munakata Shiko　la collection du Musee Ohara』大原美術館

『棟方志功・崔榮林展』編集　池田享　棟方志功・崔榮林展実行委員会　二〇〇七年

『棟方志功と杉並―「荻窪の家」と「本の仕事」―展示図録』杉並区立郷土博物館　二〇二一年

『芸術新潮　２０２１年10月号』新潮社　二〇二一年

『版画芸術 見て・買って・作って・アートを楽しむ　２０２３春』阿部出版　二〇二三年

『別冊太陽 棟方志功　仏も鬼も人も花も愛おしい』平凡社　二〇二三年

協力（敬称略）

石井頼子
棟方良
八木橋ひろみ
池田亨（青森県立美術館　美術総括監）
杉山享司（公益財団法人日本民藝館　常務理事）
古屋真弓（公益財団法人日本民藝館　学芸員）
片岸昭二（南砺市立福光美術館　館長）
大塚智子（棟方志功記念館「愛染苑」管理人）
高坂道人（光徳寺住職）
龍山宣忠（知源寺住職）
南砺市立福光美術館
富山県美術館
青森県立美術館
棟方志功記念館
日本民藝館

八甲田ホテル
青森県
青森市
弘前市
南砺市
Mairie-Auvers-sur-Oise
Institut Van Gogh

本書はオーディブルオリジナル作品です。
本作は史実に基づいたフィクションです。

原田マハ（はらだ まは）

一九六二年東京都生まれ。関西学院大学文学部、早稲田大学第二文学部卒業。森美術館設立準備室勤務、MoMAへの派遣を経て独立、フリーのキュレーター、カルチャーライターとして活躍する。二〇〇五年「カフーを待ちわびて」で日本ラブストーリー大賞を受賞し、デビュー。一二年『楽園のカンヴァス』（新潮社）で山本周五郎賞受賞。一七年『リーチ先生』（集英社）で新田次郎文学賞受賞。著書に『暗幕のゲルニカ』『サロメ』『たゆたえども沈まず』『美しき愚かものたちのタブロー』『風神雷神 Juppiter, Aeolus』『〈あの絵〉のまえで』『リボルバー』など。

板上に咲く MUNAKATA: Beyond Van Gogh

2024年3月5日 第1刷発行
2024年5月20日 第3刷発行

著者――原田マハ
発行人――見城 徹
編集人――石原正康
編集者――壷井 円
発行所――株式会社 幻冬舎
〒151-0051 東京都渋谷区千駄ヶ谷4-9-7
電話 03（5411）6211（編集）
03（5411）6222（営業）
公式HP：https://www.gentosha.co.jp/
印刷・製本所――中央精版印刷株式会社

ISBN978-4-344-04239-1 C0093

この本に関するご意見・ご感想は、下記アンケートフォームからお寄せください。
https://www.gentosha.co.jp/e/